老漂一族带娃记

周齐林 ——————— 著

深圳出版社

图书在版编目（CIP）数据

老漂一族带娃记 / 周齐林著. -- 深圳 ： 深圳出版
社, 2025. 1. -- ISBN 978-7-5507-4149-2

Ⅰ. I267

中国国家版本馆CIP数据核字第2024AZ3968号

老漂一族带娃记
LAOPIAO YIZU DAIWA JI

出 品 人　聂雄前
责任编辑　靳红慧
责任校对　熊　星
责任技编　郑　欢
封面设计　麦克茜

出版发行　深圳出版社
地　　址　深圳市彩田南路海天综合大厦（518033）
网　　址　www.htph.com.cn
订购电话　0755-83460239（邮购、团购）
设计制作　深圳市龙瀚文化传播有限公司 0755-33133493
印　　刷　深圳市希望印务有限公司
开　　本　889mm×1194mm　1/32
印　　张　8
字　　数　150千
版　　次　2025年1月第1版
印　　次　2025年1月第1次
定　　价　46.00元

法律顾问：苑景会律师 502039234@qq.com

序

王十月

与齐林认识十余年，对他的写作比较熟悉。他的新作出版，嘱我作个短序，我很乐意。

喜欢齐林的散文，皆因他的散文弥漫着浓郁的烟火气息，面对复杂的现实，有着自己深入的思考和呈现。这些年来，他开始有意识地关注并介入当下社会的一些特殊群体，写作也由早期的沉湎自我生命的痛苦转变到关注他者的痛苦和精神困境，变得开阔起来。这部长篇非虚构作品《老漂一族带娃记》是他在写作题材拓展上的重要突破。

在文学创作同质化严重的当下，写作者除了要考虑"怎么写"，更要关注"写什么"。2021年下半年，我在审稿时，看到齐林的《暮年离乡——育儿手记》，读后觉得题材很新，关注的是背井离乡来到城市给子女带娃的老漂一族这个特殊群体。后这篇稿子题目改为《日暮乡关何处是》，在《作品》发表后反响不错，许多人对我谈起，说读了有共鸣。后在东莞的一个会议间隙，与他聊及老漂这个群体，我建议他写成一本书。没想到两年后，他真的写成了。

齐林之所以书写这部老漂一族的非虚构作品，无疑与他这几年的生活变化息息相关。这几年他初为人父，谁来带孩子成为他生活中的重要难题。他分身乏术，年迈的父母只能带病来到城市帮忙。与走马观花、卧底式深入体验生活不一样，他是被生活的洪流裹挟着，不得不深陷其中，这些有着切肤之痛的经历促进了他对老漂这个群体的思考，也给他提供了新鲜的写作素材。中国老漂族有一千八百多万，其中专程来到城市给子女带娃的占四成，算下来接近八百万人。这个庞大的数字背后是一个个鲜活的家庭，这些家庭有孤独而忙碌的老人、嗷嗷待哺的孙辈，一个婴儿把原本分隔的两代人聚到了一起。齐林不仅写了自己以及身边亲人和朋友带娃的困境，还做田野调查，下到东莞镇街深入采访了十几个比较典型的老漂，并在此基础上作了很好的延伸，继续采访了一些家政行业的育婴师和在国外带娃的亲戚朋友，显得更立体化。

城乡一体化的时代背景下，世界飞速变化。二十世纪九十年代，随着打工浪潮的兴起，年轻人单枪匹马、背井离乡外出打工，老人妇女留守在家里带娃。几十年过去，当初留守在农村的孩子已为人父母，并在城市扎下根来，当初背井离乡打工的年轻人已步入暮年，生命的角色不断更替。随着家族第三代的出生，有如钉子般深扎在故乡大地上一辈子的老人，被一股无形的力量拔出来；有在外打了一辈子工的老人，刚回到熟悉而又陌生的故乡喘息片刻，又不得不赶赴异乡给子女带娃。从熟悉到陌生，孤独、疲惫和苍凉可想而知，其中没有退休金保障的老人也是一个庞大的群体，他们的生存困境愈加堪忧。

《老漂一族带娃记》是当下城乡一体化变迁的新呈现，应该是国内首部系统聚焦老漂一族生存境遇的非虚构作品，里面涉及生育、养老、育儿等社会热点问题，齐林没有把它概念化，而是通过一个个鲜活的人物命运呈现出来，提出自己的看法和困惑。《气生根》《棋》《大地上的竹子》《寂静的房子》《息壤》等篇章，每篇的切入点不一样，读来真切动人。

放不下的儿女，回不去的故乡，安享晚年于老漂一族而言成为一种奢望。这是一个被遮蔽的特殊群体，却也是这个时代最真实的一面，疼痛与温暖在这里交织，孤独和喧哗在这里汇聚。

感谢齐林，用他的文字，为我们呈现出老漂一族的生存图景，并以此折射出这个时代的镜像。

王十月，职业编辑，小说家。著有中篇小说《国家订单》《人罪》《白斑马》《寻根团》，长篇小说《无碑》《如果末日无期》《不舍昼夜》等。曾获第五届鲁迅文学奖中篇小说奖等奖项。

目录

日暮乡关何处是   001

气生根   026

暮色苍茫   047

摇晃的钟摆   077

大地上的竹子   098

棋   112

废墟之上   129

寂静的房子   151

生命的灯盏   175

息壤   199

一只寻找树的鸟   224

后记   244

日暮乡关何处是

1

炽热的阳光变得柔和，落日的余晖洒落在村庄的一草一木上。池塘边的柳枝在晚风中轻轻摇曳着。楼下的广场上传来阵阵嬉笑声，一群年过六旬的老人坐在水泥台阶上，看着孩子们在广场嬉戏追逐着，孩子开怀大笑的声音惊醒了寂静的故乡。

凤娇婶左手推着婴儿车，右手持一把扇子不停扇风，她脖子上满是汗水，被汗水浸湿的白发紧贴着前额。我抱着哭闹的女儿走出沉闷的房间，来到广场溜达，女儿突然安静下来。凤娇婶见了，笑着问道："多大了？""刚满三个月，好难带。""没事，慢慢来，转眼就长大了。我一个人还带三个孩子呢。"凤娇婶指着一个身穿蓝衣、正肆意奔跑的小男孩说道："喏，跑着的那个五岁，婴儿车里的这个一岁一个月，还有一个七岁的，女孩，刚上小学一年级，正在家里写作业。"

凤娇婶的老公患有严重的肾病，不能干重活，每个月要吃两千多块钱的中药。除了照顾三个小孩，她还要照顾丈夫。儿子和儿媳都在广东打工，每月会按时给她打生活费。

人到暮年，享受天伦之乐在许多老人眼里已成奢望。

最后一抹余晖慢慢被无边的夜色吞没，凤娇婶和其他老人缓步往家的方向走去。我抱着女儿回到屋内，适才热闹的广场复归于寂静。

"孩子睡着了吗？"黯淡的灯光下，母亲正往膝盖上涂抹黄道益活络油，脸上的皱纹因疼痛而拧在一起。母亲患了几十年的风湿性关节炎，手脚肿得变了形，走起路来一瘸一拐。

"快睡着了，妈，我先上楼了。"缓步上楼来到房间，我抱着女儿来回在屋子里踱着步。女儿胖乎乎的小手紧紧攥着我的衣服。夜色渐浓，女儿均匀的呼吸声在我耳畔响起。

广场上的路灯散发着暗黄的光，不知名的虫子在草丛深处鸣叫。半小时后，我小心翼翼把女儿放下，她翻了个身，蜷缩成一团，终于睡着了。世界顿时安静下来，我却陷入复杂的思绪里。妻子已经睡着，看着她的面容，适才凤娇婶在广场上对我说的那句话不停回荡在我耳畔："你妈妈身体不好，以后谁给你们带孩子呢？孩子还这么小。"

再过一个多月，就要回东莞了。细细咀嚼着凤娇婶的话，我陷入焦虑中。妻子还有一个弟弟和一个妹妹，他们尚且年幼，都还在上学，岳母要照顾他们的生活起居，不可能跟随我们去东莞照顾孩子。岳父每天起早贪黑地在工地上忙碌着，浑身晒得黝黑，他要挣钱养家糊口。

世界呈现出荒诞的一面。二十世纪九十年代初期，落雨的清晨，父亲扛着蛇皮袋跟随村里几个相熟的木匠踏上了前往广东的火车，如一尾鱼般随着打工的浪潮顺流而下。在城乡快速一体化的进程中，愈来愈多的村里人背井离乡，赶赴异乡谋生，只剩下老弱病残如钉子般深深扎入故乡的泥土里，直至锈迹斑斑。离乡需要健康的体魄和旺盛的精力来适应快速旋转的城市机器，几十年过去，离乡不再是中青年人的权利，村里越来越多的老人发挥着生命的余热，一辈子未曾离开故乡的他们收拾行囊，赶赴陌生的异乡给儿女带娃。他们被一股无形的力量从泥土深处剥离出来。

母亲患有高血压、糖尿病、风湿性关节炎，这些病仿佛一根根无形的绳索勒得她无法喘息。母亲看着村里同龄的老人纷纷离乡去城市给子女带娃，自己却心有余而力不足，不能帮忙给我们带孩子，总心怀愧疚。

携妻女从市区岳母家回到老家的那半个月，母亲每天早早地起床，一瘸一拐地去小镇的集市上买妻子喜欢吃的菜。买菜回来，下好面条，再炒一个菜，放在锅里热着。等妻子一起床，她就立刻从锅里端出来放在桌上。

那天我中午驱车从集市上买菜回来，跟母亲聊起年幼时和堂哥、哥哥去偷西瓜的事，猛然想起适才在集市上忘了买西瓜。"突然好想吃西瓜，明天一定要去买一个。"我孩子似的笑着对母亲说道。

午睡起来，我揉着惺忪的睡眼从二楼下到一楼，却看见母亲抱着一个西瓜一瘸一拐地从门外走进来，额头上布满细密的汗珠。

"谁叫你去买西瓜了？我自己会去买。国道上大货车这么多，你一瘸一拐地去，要是出了事怎么办？"想起前年村里一个年过七旬的老人中午穿过马路去对面的超市买饼干时，不幸被一辆疾驰的大货车碰撞致死，最后只赔了十万块钱的事，我忽然冲着母亲凶了起来。

母亲仿佛一个做错事的孩子，看着我，沉默不语。

母亲切好一块西瓜递给我。我吃着西瓜，心底一阵酸楚。

2

八月初，妻子所在的学校开学在即，到底谁来带娃的问题急需解决。我试探着问："要不请一个保姆？"妻子抬头看了我一眼，没吭声，转发给我一条新闻资讯：重庆的樊先生和妻子上班忙，便请了一个保姆照顾刚出生四十天的女儿。为了能看到孩子，他们在家安装了一个摄像头。17日，樊先生的妻子想念女儿，便在工作间隙打开了摄像头，但是看到的一幕让她难以接受。樊先生妻子说："保姆一直在摇她，还不断把孩子往上抛，甚至打耳光。"这是发生在 2021 年 3 月 17 日的事情。

看完新闻，回头瞄了一眼熟睡中的女儿，我陷入沉默中。

我想到了住在大山里的姨妈，问母亲可否让姨妈跟随我们一起去东莞。姨妈十分勤快，也很喜欢孩子，请她帮忙带孩子，肯定很放心。我的想法刚说出口，母亲即刻说道："你姨妈也要给你表哥家带孩子，哪有空去。"

在家住了半个月，返程在即，我载着妻儿又回到了市区岳母家。

次日上午，趁着孩子熟睡的空隙，妻子打了许多个电话给亲戚们，终于，她的姑妈愿意随我们去东莞帮忙带孩子，月薪四千。我和妻子相视一笑，焦虑的心舒缓了许多。

得知请了妻子的姑妈帮忙带孩子，临回东莞前五天，父亲特意从老家来了一趟市区。抵达市区时，已是午后两点，父亲抓着两只母鸡，提着一篮子土鸡蛋出现在我面前。烈日下，父亲气喘吁吁，满头大汗。父亲是村里数一数二的木匠，在外打工近三十年。2014年，因为要照顾多病的母亲和年迈的祖母，父亲回到了老家，再也没出去。父亲照顾母亲和祖母之余，在老屋的院落里养了二十多只鸡。今年三月，女儿出生后，父亲每隔半个多月就会送两只母鸡和鸡蛋过来。"生完孩子身体虚，营养要及时跟上。"父亲笑着对妻子说道。

父亲上楼喝了口水，抱了十几分钟孙女，就起身准备回家。岳父执意挽留父亲在这里住一晚。父亲尴尬地一笑，说家里还有老人要照顾。见如此，岳父不再挽留。从市区回到故乡的小镇，近三个小时的车程。夜幕完全降临时，我终于接到父亲发来的短信。"林，我到家了。回东莞要注意身体，不要太累。"久久地看着短信，我心底一阵酸楚。

次日中午，父亲打来电话，接起来却是母亲的声音。"林林，刚叫你爸爸打了八千块钱到你卡上，妈身体不好，没法帮你带孩子，只能给你们打点钱。""谁要你打钱？你自己照顾好身体就可以了。"我听了，忽然发起脾气来。放下电话，我又把钱退了回去。这是母亲年复一年攒下来的钱，我若收下，于心何忍？想着刚刚在电话里朝母亲发脾气，我又后悔起来。

3

清晨，满载着一车行李，我们踏上了回东莞的路。岳父把干牛肉、腊肉以及一篮子的土鸡蛋放进车里。他一直送到小区门口，看着我们的车消失在马路的尽头才返身离去。

妻子和姑妈抱着女儿坐在后座，副驾驶座位上放满了女儿的奶粉、玩具、尿不湿等。看着这些婴儿用品，初为人父的我心底流过一丝暖意。

一路上，我小心翼翼地驾驶着，不敢随意加速和变道。妻子怀抱着女儿正和姑妈闲聊，五个月大的女儿睁着眼睛，一脸好奇地打量着窗外的世界。姑妈是八十年代的高中生，毕业后曾在村小做过几年的代课老师，婚后一直以种地为生。

车疾驰着，窗外的风景快速往后退去。透过后视镜，我清晰地看到女儿的表情变化。看着车窗外的云朵和树木，女儿嘴里发出咿咿呀呀的声音，不时咧开嘴笑。车疾驰在马路上，我的心也跟着飞扬起来。

抵达东莞已是晚上七点，几个月没住的房间落满灰尘。姑妈来不及休息，把房子里里外外打扫了一遍。女儿趴在床上睡着了。妻子正在整理衣物。站在阳台上，看着夜色中树木的轮廓，我的心忽然安静了许多。一只不知名的鸟儿嘴里叼着一条虫子，在半空中盘旋了一圈，最后栖息在茂密的梧桐树上。透过树叶，隐约看见鸟妈妈给幼鸟喂食的场景。

　　夜色静谧，世界呈现出美好的一面。

　　凌晨两点，我忽然被女儿的哭声惊醒过来。我迅速起身把她抱了起来，轻拍着她的胳膊，来回在屋子里踱着步。屋外的路灯散发出黯淡的灯光。不远处的东莞大道上，一辆辆汽车疾驰而过，发出刺耳的响声。女儿的哭声慢慢弱了下去，直至响起均匀的呼吸声。时间已是凌晨两点半，我感到胳膊有些酸，小心翼翼地把女儿放到床上，不料她的身子一沾床又哭了起来。一直到凌晨三点，女儿才沉沉睡去。直到天微亮时，我睡意来袭，才昏昏沉沉地睡了。

　　为了让妻子以后能安心工作，必须尽早断奶。母乳是婴儿的口粮，乳汁的味道是妈妈的味道，更意味着安全感。断奶是十分煎熬的过程。为了断奶，我和姑妈尽量让妻子这几天不要抱孩子。姑妈泡好奶粉，三番五次耐心地递到女儿的嘴边，女儿却紧闭着嘴巴，拍打着小手，扭头拒绝。中午，姑妈好不容易把女儿哄睡，小心翼翼地放下，她小小的身体刚沾到床，就睁开眼哭泣起来。姑妈又慌忙把女儿抱了起来。

姑妈已年过六旬，她的儿女都已长大成人。对于姑妈而言，曾经带娃的手艺已经生疏。面对一个正处于断奶期而又缺乏安全感的婴儿，姑妈已筋疲力尽。

姑妈尴尬地看着我，我迅速从她手中接过孩子，轻轻安抚起来。见我抱着孩子，姑妈转身又去收拾家务了。姑妈是干家务的能手，但面对断奶期的婴儿，她束手无策。她只能靠不停地做家务，把家里收拾得井井有条来弥补内心的愧疚。看着姑妈苍老的身影，我心底颇为不安。

狭小的房间让人感到压抑，白天，姑妈和我经常会带孩子下楼转悠。屋外清新的空气让久居樊笼的心畅快许多。

小区有一个孩童活动的场所，跷跷板、象棋桌、滑滑梯这些游玩设备仿佛巨大的磁铁吸引着孩子们。每次出门，怀抱中的女儿总会迅速被不远处孩子的嬉闹声吸引，她扭过头，朝那边望去。

游乐场旁边是架空层，小区的老人们在这里摆了几张桌子，每天三五成群地在这里打牌消磨时光。这是类似故乡广场一样的地方。打牌的老人大都在小区待了多年，他们的孙辈已长大，正上小学，每天除了接送外，大片大片的时光空余下来，像发霉的稻草，堆积在一起。另外一些老人抱着孩子，在小区里溜达着，他们就没有打牌的老人过得滋润了。

正抱着女儿，父亲忽然打来电话询问近况。关掉电话，一个年近六十的女人走到我面前，笑着问道："你也是永新人吗？"我一脸惊讶。"刚才听你接电话知道的，我也是永新的。"女人说。熟悉的乡音一下子拉近了我们的距离。女人叫娟，她让我叫她娟姨就可以。细问之下才知道与我母亲同龄，只不过娟姨身体健康，面色红润，看起来要比我母亲年轻很多。

我以为娟姨是在给她的儿子帮忙带小孩。"我做了八九年保姆了，现在给小区的一对夫妇带小孩，从早上十点半做到晚上八点，晚上不带睡，工资五千五一个月。三年前，我外孙女出生，我去杭州帮忙带了三年，今年上半年她上幼儿园，我就回来了。"娟姨边说边看了下时间。"还差五分钟就十点半了，我得去雇主家带孩子了，不然就迟到了。下次再聊，老乡。"娟姨挎着一个包，快步地离开了。她步履轻盈，行事利索，丝毫不像年近六十的人。次日再碰见她，我问她为何不留在杭州把外孙女带到读小学再走。"女儿女婿在工厂上班，生活压力大，我在这里一个月能挣五千五，还可以贴补他们两三千块钱。"她说着笑了起来。娟姨健康红润的肤色让我想起我多病的母亲，不知千里之外的她此刻过得怎么样。

4

　　夜幕下的世界万籁俱寂。女儿蜷缩在床的一角酣睡着，妻子正在台灯下专注地备课，带了一天孩子的姑妈已在隔壁房间早早入睡。跟好友军锋聊完天，我有些疲惫地躺在床上。军锋的父母早已不在，他的岳父岳母年迈多病，自身难保，无法给他们分担忧愁。二孩出生后，他妻子辞职在家照顾孩子。在五金塑料厂做主管的他拿着八千元的工资，独自支撑着这个家庭的开销。为了多挣点钱，下班后，他跑起了滴滴，一直跑到深夜十二点才收工。每次回到家中，妻儿都已入睡。他小心翼翼地躺下，生怕惊醒他们。

　　休息片刻，我重新打开电脑，看纪录片《姥姥》。2014年第一次看时，我还是孤身一人，如今再回头看，却看出一股人到暮年的悲凉来。纪录片《姥姥》由河南电视台纪录片工作室跟踪拍摄，讲述的是生活在郑州市一个小区里的一群姥姥的故事。她们来自不同的家庭，有着不同的成长背景、生活轨迹，但都因为"姥姥"这一身份的转变而使得生活有了交集，有着同样的困惑和烦恼。片子记录了她们一年中的生活轨迹，讲述了几代人之间的故事和他们对家庭的理解。她们的孤寂、压抑、不被理解的辛酸处境，似乎被日常生活的琐碎事务消解，但是在暗夜里，又被撕裂开来，淋漓尽致地呈现在人们面前。

目前国内有近两千万的老漂一族，他们背井离乡来到陌生的城市，支持儿女的家庭和事业，全身心地投入到带孩子的事情中，苦乐交织。他们有的人年迈体弱，大多来自农村，没有多少退休金。在儿女面前他们变得小心翼翼，不敢说错一句话做错一件事。

传说中有一种鸟没有脚，一生都在空中飞翔，飞累了就睡在风里，一辈子只落地一次。我觉得人也是一只鸟，当老人在异乡把孙辈带大，便到了回乡之时。他们会收拾行装，回到熟悉的村子里，独自面对苍茫的夜。他们看着孩子们渐行渐远，自己也随之慢慢朝泥土深处走去。

在乡村，人到暮年的悲凉如寒冬时的冷风侵袭到体内，残败的肉身已无法抵抗。

5

抚育孩子需要旺盛的精力和强大的耐心，更需要丰富的经验。几十年没有带过孩子的姑妈面对眼前这个幼小的生命显得力不从心。我和妻子见姑妈生疏疲惫的样子，也颇为担忧。生活似乎一下子把我们逼到了墙角，面临四面楚歌的境地。

有一天，妻子临时去学校开会，忽然接到姑妈打来的电话。"宝宝一直哭个不停，你快回来一下。"姑妈焦急地说道。电话里传来女儿尖锐的哭声。这哭声刺痛了妻子的心。她脸上露出慌张的表情，同事们不解地看着她。她迅速请了假回家，刚走出校门口，姑妈打来电话说："她现在不哭了，我正在给她喂奶，你不用回来了。"

那些天，女儿经常莫名地哭，哭得满脸泪水，看起来十分委屈。为此我产生严重的幻听，我总是听到婴儿在哭，当我疾步走进屋内，女儿却正酣睡。但是更多的时候，确实是女儿在哭。或许是到了新的环境，水土不服，连续好几个晚上女儿哭闹不止。看着她哭得声嘶力竭、满是泪水的样子，我和妻子既心疼又手足无措。

一个黄昏，姑妈抱着女儿站在阳台上，面向夜空，轻声地喊着女儿的名字，一遍又一遍，循环往复，直至女儿止了哭声，靠在她的肩膀上睡着了。这一幕如此熟悉，多年前母亲站在无垠的稻田边给我喊魂的情形就是这样，她一遍遍喊着我名字，直到声音沙哑。同样的情景，只是故乡变成异乡，年幼的我已步入中年，而怀抱里的那个小孩变成了我的女儿。熟睡的女儿眼角依稀挂着一丝泪痕。我从姑妈手中接过女儿，轻轻把她放在床上，而后转身从行李中取出一个小布包。小布包里放着故乡的泥土，是临行前母亲特意为我准备的，我把它放在女儿的枕头旁边。希望这些老办法，可以让女儿顺利度过水土不服的艰难阶段。

几天后，吃完晚饭，姑妈忽然对我们说她有点带不住孩子，想让我们另请高明。

白天，姑妈要打扫卫生，做饭，带小孩。一天的忙碌下来，姑妈筋疲力尽。从后半夜两点开始，女儿易醒，瘦小的身子扭来扭去，嘴里发出嘤嘤的哭泣声。一直熬到凌晨五点，女儿才能再次入睡。疲惫不堪的妻子看了我一眼，说道："以后可怎么办？"妻子的工作十分忙碌，每天早上六点半就要起床上班，晚上休息不好，会严重影响到白天的工作。

考虑多日，我和妻子决定请一个育婴师来照顾女儿。

在朋友汉炎的介绍下，我来到离家四公里的万家福家政。这是一家经营了二十多年的家政公司，老板娘姓刘，湖南人，五十出头，大家都叫她刘姐。刘姐热情地招呼我们，向我们推荐了几个经验比较丰富的育婴师。考虑到妻子每天早出晚归，我们还是希望找个住家型的育婴师，晚上可以带孩子睡。育婴师的普遍薪资是月薪六千，每月休四天，法定节假日上班按双倍工资发放。咨询了其他几个家政公司，比较一番，发现这里的薪资更实惠一些。

大厅里人来人往，不时有人来挑育婴师。一个年过六旬的老人据说跑了三次，才挑选到一个满意的。大厅的沙发和凳子上坐着六个挎着包、面相和善的中年妇女。看着进进出出的雇主，她们伸长脖子，眼神里露出一丝渴望。

"她们几个都很不错，做了七八年了，刚刚下单。"刘姐向我介绍道。

育婴师月薪 6000 元，如果不休息，算下来将近七千。如果在上幼儿园前一直请保姆带孩子，两年需要十四万多，这让我有点招架不住。

物质的窘困很容易让一个人苦不堪言。据 2019 年北京师范大学中国收入分配研究院课题组的研究数据，我国月收入低于 2000 元的达 9.64 亿人。我不知道这个庞大的低收入群体是如何在生活的重压下维持一家人的生活开销的。

朋友汉炎安慰我道："再坚持两年就好了，到了两岁半就可以放到托儿所，费用一个月两千，压力就会小很多。"

汉炎的话让我陷入沉思。低生育率和日益严重的老龄化问题困扰着许多国家。面对沉重的生活压力和年迈的父母无力帮忙照顾孩子的困境，许多夫妻想再生一个孩子却又不敢生。

翻阅资料，我了解到瑞典 3 岁以下幼儿入托率达 47%，幼儿从 1 岁起即可享受学前教育，3 岁以上可享受每年 525 小时的免费教育，政府的资助和有效监管大大减轻了年轻夫妇的生活压力。

没有比较就没有伤害。我国 3 岁幼儿托育政策及配套措施服务还处于起步阶段。

在国家相关政策滞后的情况下，面对生活的重压，很多中年人如蜗牛顶着沉重的壳，艰难前行。一块从天而降的细小石头砸下来，随时都有可能粉身碎骨。

几次面试都不合适，时间一天天流逝，束手无策之际，刘姐又给我们推荐了一个育婴师。深入了解一番，最终，我和妻子选定了经验丰富的凤姐。

在凤姐来上班前，妻子提前在网上购买了摄像头。为了是否安装摄像头的问题，我和妻子争吵了起来。"如果她不对女儿好，装上监控也是摆设，她可以在客厅监控的范围内假装很爱女儿，到了卧室就变回原形。"我对妻子分析道。妻子想安装监控，她觉得有监控就可以随时看到孩子的，毕竟女儿的每一声啼哭每一个微笑都牵扯着她的心。但是在育婴师眼里，监控恐怕是不信任的一种监视。我们最终还是没有安装监控。

凤姐四十五岁，湖南永州人，有八年的工作经验。她果然不负所望，过来不到一天，就让哭闹不止的女儿慢慢安静下来。寂静的午后，她让女儿坐在她的肚皮上，她轻轻动一下身子，女儿就咯咯笑个不停。笑声回荡在房间里，家里终于有了一丝兵荒马乱之后的温馨。

作为专业的育婴师，凤姐会给女儿唱儿歌、逗她开心，控制每天的奶量、做辅助操、做各种各样的辅食。但那时我还不知道，凤姐带孩子的娴熟与游刃有余刺痛了姑妈的自尊心。她饱满的精力和活力又映衬出姑妈的疲惫与苍老。

凤姐过来后，姑妈待不住了，催促我早点给她买火车票回去。我劝她不要回去，既然出来了，不妨在外面找个工作挣点钱，等过年再一起返乡。

清晨六点，小区里与姑妈年龄相仿的清洁工正在扫地。如果能让姑妈在小区里做清洁工也挺好。我上前与正扫地的清洁工阿姨攀谈，得知她月薪两千四，每天工作八小时，每周休息一天。

"你的亲戚也想做清洁工吗？小区正缺清洁工，你可以打电话给物业咨询一下。"阿姨一边扫地一边笑着对我说道。姑妈在老家的工厂上班，月薪将近四千，她肯定不愿意做清洁工。

事情在不断变化中。

凤姐带了几天后，女儿慢慢开始愿意吃奶粉，白天的哭闹也少了。见女儿不像之前那么难带了，姑妈的想法也随之动摇。"白天你姑妈带得住，但晚上小宝宝闹得厉害，经常会醒。她很难带得住的。""如果你们想继续让你姑妈带，我也可以理解。"凤姐说道。

接下来的几天，姑妈几次表露过想继续留下来带孩子，都被我委婉拒绝了。我和妻子都要上班，妻子每天早上六点多就要起来。我担心姑妈晚上带不住，会影响到我和妻子的休息。

岳父岳母得知我们请了育婴师带小孩后，颇为生气："让保姆带，你们夫妻俩都去上班了？安全吗？放心吗？"岳父岳母的担心也是为我们好。面对他们的质疑，我哑口无言。

为了留住姑妈，我继续向几个在工厂做人事工作的朋友打听有没有适合姑妈的工作，得到的回复都是年纪偏大不敢录用。有几个朋友的工厂因疫情影响，处于崩溃的边缘，正在裁员。

绝望之际，一个新认识的朋友陈总得知我的情况后，表示他工厂正在招普工，底薪三千，加上加班，一个月能拿到四千五。事情一下子有了转机。当我把这个消息告诉姑妈和妻子时，她们脸上都露出开心的笑容。妻子忽然抱着姑妈说道："太好了，姑妈你不用走了。"

送姑妈去工厂，透过后视镜我看见姑妈流下了眼泪。半个小时后，我带着姑妈抵达了望牛墩的一个工业区。街道上人影寥落，沉重的大货车从满是灰尘的路上碾压而过，留下深深的车辙印。机器的轰鸣声从工厂里漫溢出来，回荡在工业区的上空。眼前的场景如此熟悉。

姑妈从未在外打过工，把她送到工厂，看着她瘦弱的身影，我有点担心她。十几分钟后，安顿好姑妈，陈总一直把我送到门口，让我放心，说一定会照顾好她。酷暑时节，车间里闷热不已，落地风扇飞速旋转着，把密集的热流撕扯开来。姑妈坐在一张塑料凳子上跟着身边的工人开始打包，半小时下来汗流浃背。

去工厂的第一天晚上，我担心姑妈适应不了，打了五六个电话，却一直无人接听。近十点钟，姑妈回过电话来，告诉我刚才在加班，刚刚下班。她说会尽量适应下来。

次日早上六点半，手机忽然尖锐地响了起来。是姑妈。"林林，这里的机器太吵了，我昨晚一夜没睡，你有空过来接我回去吧。"

工厂的宿舍紧邻生产车间，在宿舍躺下，机器的轰鸣声仿佛就在耳边。机器不知疲倦地飞速运转着，它映衬出人的衰老与疲惫。年迈的姑妈经受不住这种噪音。

一脸歉意地把姑妈接回来。姑妈脸色苍白，很憔悴，一直闹着即刻就要去车站买车票回老家。晚上我从外面采访归来，屋子里静悄悄的，女儿在育婴师的安抚下已经入睡，姑妈独自在次卧流着眼泪。我看了一眼正在备课的妻子，询问姑妈怎么了。"姑妈很想留在我们这里带孩子，我们把她叫过来，现在又不让她做，伤了她的心了。"妻子说道。一晚上，无论我们怎么安慰怎么挽留，姑妈始终沉默着。我和妻子才知道我们的做法已经深深伤害到她了。

清晨，把姑妈送到南城汽车站。看着姑妈瘦弱的身影，我心底颇感愧疚，却又无可奈何。一边是哭泣的孩子，一边是年迈的姑妈，这让我左右为难。

姑妈走后，一切慢慢走上正轨。有一天晚上加班回到家，推开凤姐的房间，一股浓重的活络油味扑鼻而来，凤姐说她膝盖疼。女儿正蜷缩在床脚酣睡。"味道太浓了，对小宝宝不好。"我看了凤姐一眼，一把抱起了熟睡中的女儿。

一周后的晚上，凤姐忽然发微信给我，说她这几天膝盖疼的旧病复发，每天膝盖都疼得难以忍受，决定辞职，建议我再另寻新人。这突如其来的决定顿时让我手足无措。见凤姐去意已决，我答应了她的辞职。

时间已是 8 月 26 日，离开学只剩五天的时间。

6

两天后，经过几次面试和挑选，来自湖南永州的红梅来到了我家。红梅是"80后"，年龄与我相仿。

红梅性格开朗，爱笑，很喜欢孩子。妻子选择她，就是因为这一点。与已离职的凤姐相比，红梅说话比较直，在做家务上比较懒。刚来的第一天晚上，红梅忽然对妻子说道："你爸妈怎么不来？"红梅的这一问，让妻子颇为疑惑。"你一个人带不住小宝宝吗？"妻子反问道。"带得住，他们可以过来这里玩嘛。"我走出屋子，看见红梅略显尴尬地说道。

几天后，我在家休息，她忽然又问了我同样的问题。"你怎么不叫你爸妈过来玩？""我爸妈能过来这里，我还请你干吗？"她的追问让我感到被冒犯。

那天晚上下班后，我买好菜回来，一进屋，正在客厅玩耍的女儿扭头朝我这边张望，而后咧嘴朝我一笑。女儿的笑落在我的心底。我从红梅手里接过女儿，欲陪女儿玩一会儿，便让她去做饭。不料她说道："你去做饭吧，我来带小孩。"

"你要利用她睡觉的时间简单地收拾一下家务。之前的凤姐做得很好，根本就不用我们操心。"

"你不要总是在我面前提她好，我跟你说，在我做过的所有家庭中，你家条件是最差的。"

"你不想干就滚蛋。他们家庭条件好，难道多给你一分钱工资了吗？"我咬牙握拳，几近失控。

空气仿佛凝固了。我沉默地抱着女儿出门溜达，红梅阴着脸进了厨房。吵架如一把双刃剑，伤人伤己。从冲突到理解需要一段漫长的时间。安静了几天，彼此都冷静了许多，红梅主动向我道歉了。

虽然与红梅吵过，但在随后的时间里，我与她相处得还算比较融洽。她慢慢变得勤快起来，见我下班回到家，会主动去做饭，好让我有更多时间陪伴孩子。闲暇之余，她跟我聊起了做育婴师的故事。

红梅初中毕业后在一家服装店做销售员，后来因为业绩出色受到同事的嫉妒和陷害，最终选择了离职。离职后，她进入了保姆行业。做了两年保姆后，她考取了育婴师证。多年过去，她依旧记得离开保姆岗位，从事育婴师第一单时的场景。当时是给一对年轻的夫妇带五个月大的小孩。男雇主以炒股为职业，一整天足不出户，盯着电脑上的大盘频繁操作。女雇主在一家电力公司上班。红梅才二十出头，爱美爱打扮。男雇主对红梅很好，让她想吃什么就尽管买，这引发了女雇主的猜忌。一次，女雇主上班前告诉红梅中午不回来吃饭，不用做她的饭。没想到临近中午，女雇主忽然悄悄开门，出现在她面前，用异样的眼神看着她。女雇主骂红梅是妖精，勾引她男人。红梅听了很难过，跟她争吵起来。女雇主狠狠地扇了她一巴掌，很快二人扭打在一起。女雇主因为先动手，气呼呼地甩给她两千块叫她滚蛋。次日，红梅收拾行李，离开了那个伤心地。

随后多年的时间里，红梅大都是在本地的高收入家庭做育婴师，只负责带小孩，不做饭不做家务。

红梅的上一个雇主是深圳的本地人。雇主家境十分富裕，住的是高端别墅，家里有清洁工、管家以及专门负责做饭的阿姨。她是专门负责带孩子的育婴师。

雇主对她很好，工资也从入职时的六千加到了八千，但她做了半年就选择了辞职。当初面试时，雇主就告诉她，如果愿意做就要接受家里四处都装了监控的事实。雇主担心孩子的安全，在她的房间里也安装了监控。每次换衣服，她都要跑到卫生间去。在那里上班，所有员工不能聚在一起聊天，特别是不能议论雇主的家长里短。

在那个富有的家庭，红梅感觉自己成了带娃的机器，一言一行都受约束和监控。她由初入这个家庭时的惊讶羡慕，慢慢变为压抑和不安。她渐渐神经衰弱，晚上经常失眠。长时间的沉默让她几乎失语。

"在你家，我很开心，虽然刚开始闹了一些矛盾。对不起，我说话太直了。"红梅看着我说道。

听了红梅的故事，我慢慢对育婴师这个行业有了一定的了解，明白了她们的不易与辛酸。也就明白了当初为什么她会跟我发生争吵了。

彼时沉重的房贷、车贷以及每个月请育婴师的费用压得我喘息不过来，我的窘迫迅速传到了母亲耳里。国庆节后，在母亲的一再坚持下，父亲离开故乡，来帮我带娃。母亲一直劝说道："家里有你嫂子在，你放心。"可嫂子也要照顾刚出生的小侄女。

我有些愧疚地跟红梅说了不再雇佣的情况，她表示理解。送走红梅，接到父亲打来的电话，他说大概八点会到南城汽车站。

远远地，我看见父亲坐在一个石磴上喘息着，昏黄的灯光映射出他瘦削的身影。父亲从家里带来了许多东西，一塑料桶菜籽油，纸箱子里放着一只养了三四年的老母鸡，另一个木桶里放着两百多个土鸡蛋，为了防止鸡蛋在长途颠簸中震碎，鸡蛋里放满了弥漫着故乡泥土气息的米糠。父亲说这只老母鸡明天炖给我妻子吃，补充营养。这两百多个鸡蛋，每天蒸一个给孩子吃。父亲气喘吁吁地说着，面色苍白。他晕车，早上五点多出发到现在，已经一天没吃饭了。我递给父亲一瓶水和一块面包，父亲咬了几口。打开车灯，启动汽车，我载着父亲驶入密集的车流里，驶入苍茫的夜色中，往家的方向驶去。

后座的父亲很快就睡着了，他均匀的鼾声在我耳畔响起。

1994 年，那个落雨的清晨，父亲远离村子，跟随村里人去珠三角打工。母亲和我站在门槛前目送着父亲渐行渐远。二十年后，2014 年的深冬时节，父亲匆匆回到故乡照顾多病的母亲和年迈的祖母，他以为这辈子再也不会离开村庄了。如今，父亲却以这样一种方式，重新回到熟悉而又陌生的广东。

气生根

1

夕阳的最后一抹余晖落在山顶上，阵阵山风袭来，树叶哗哗作响。柔和的阳光映射出父亲沟壑纵横的脸，他穿过丛丛荆棘，爬到山顶，在一块巨石上喘息片刻，起身把不远处两棵半枯萎的老树砍倒在地。山林寂静无声，人迹罕至。父亲一脚踹下去，树干顺着山坡滑到山腰。父亲艰难地把两棵枯树拖到山脚，放在板车上。回到家时，夜幕已完全降临。

枯树在烈日的暴晒下慢慢失去水分。如水的月光下，父亲用锋利的斧子把树劈成一截截，整整齐齐地码放在院落的一隅。

父亲给母亲备好了过冬的柴火。临行前一天下午，他去跟老屋的几十只鸡鸭告别，跟满园的蔬菜、彻夜流淌的禾水河——告别。

次日，微凉的清晨，母亲颤颤巍巍地把父亲送上车。母亲患有风湿性关节炎已经几十年了，手脚都肿得变了形，走路摇晃，走几步要停下来喘息片刻。父亲走至大巴前，把行李放置好许久，母亲才走到他跟前。

大巴车终于启动了，母亲叮嘱父亲在外面"保重身体"。这四个字母亲说了几十年。我年幼时，每次父亲扛着木工箱外出打工，出门前母亲总要叮嘱好几次。随着时间的流逝，父母日渐苍老，这四个字变得愈加沉重。

2014年祖母身患老年痴呆症后，在外漂泊二十年的父亲回到了熟悉而陌生的故乡。照顾祖母之余，父亲养鸡养鸭，在菜园里种满了瓜果蔬菜，荒芜的稻田也在他的细心打理下长满沉甸甸的稻穗。好像一台时钟安装在父亲体内，他拉紧发条，就能每天按部就班，清晨去菜园子里摘青菜，黄昏则去老屋的鸡圈里取鸡蛋。慢慢地，日子过得有条不紊。

前段时间，在母亲的不断劝说下，父亲终于愿意来东莞帮我带娃。在外漂泊了大半辈子的父亲以为自己再也不会背井离乡讨生活了，没想到会以这样的方式再次背上行囊。

车窗外的风景迅速向后退去，父亲探出头，叫母亲早点回去。母亲站在马路边，直至车消失在马路尽头，才转身回去。

熟悉的土壤、稻田、屋舍，故土上的一草一木一砖一瓦都如此熟悉，熟悉到浸入骨髓。故土埋葬着先祖，他们的灵魂在这里永存，血脉在这片土地上延续。父亲的根须深深扎在故乡的土地里，纵横交错，直至与整个故乡融为一体。故乡的每寸土地都有他的记忆。

但是，此刻的父亲就像一棵被连根拔起的树，年迈的他已无力把根须扎到异乡的泥土里。他对这座城市是陌生的，这座城市于他也是陌生的。他在深圳做木工十多年，在东莞只短暂地停留过一夜。

在老家，父亲的一天是忙碌而充实的。现在，父亲过着两点一线的生活，菜店和家连成的绳索缠绕着他。买菜、做饭、遛娃是一天生活的全部。

偌大的小区里，许多老人带着一两岁的孩子在广场溜达，他们来自四川、江西、湖南、河南、安徽等地方，操着不同口音的普通话，他们有一个共同的称呼 ——"老漂"。人到暮年奔赴异乡，只为了照顾子女的孩子。年过六旬的父亲因为我成了老漂一族，成了全国一千八百万老漂一族中的一员。

父亲推着女儿绕着小区不停转圈，偶尔停下来跟他人聊几句，直至筋疲力尽，脚跟发酸，才推着女儿回到屋子里。他在小区用脚步画下的一个个圆圈，成了他的活动范围。

每天我和妻子去上班后，家里只剩下父亲和女儿。日复一日，父亲感觉自己深陷在无形的牢笼里。

2

那日，父亲右手推着女儿，左手提着一大捆积攒下来的硬纸壳来到小区东门的废品收购站。一个与父亲年龄相仿的老人也正在卖废品。中途，老人接了个电话。熟悉的乡音落到耳朵里，相同的方言很快拉近了彼此的距离。父亲变得兴奋起来，他疾步走上前去，说道："你也是永新的？"老人很惊讶。原来老人的家在县城，距离我家只有四十分钟的车程。

自从有了辉叔这个老乡，父亲在异乡带娃的孤寂生活多了一抹亮色。他们一起逛家乐福超市，在小区的石桌上下象棋。饭后，他们又相约带娃去附近的超市或者公园转转。看着父亲每天开心的样子，我悬着的那颗心终于放了下来。

2016 年盛夏，辉叔收拾行囊踏上了小镇通往东莞的大巴。临行前半个月，他把菜园里的白菜、辣椒、豆角一一摘下拿到墟上卖掉。鸡圈里的六只母鸡则托付给了老邻居暂时养着，六只母鸡每天能下好几个蛋，他不忍心卖掉。把房子里外清扫一遍，而后紧锁大门，他一步一回头地踏上了远行的路。

这是一场谋划已久的远行。

2013 年夏天，辉叔年过六旬的老伴因病去世，他从此陷入孤独的深渊里。老伴在时，虽时有拌嘴，日子却是热热乎乎的。老伴走后，陪伴他的只有那条养了近十年的老黄狗。半夜，犬吠声惊醒了寂静的村庄，他常产生幻觉，起身走到窗前，以为是老伴回来了。

大儿子怕他一个人在家孤单，几次劝他过来，他都以沉默拒绝。后来大儿媳生下个大胖小子，家里无人带娃，他没理由再拒绝。辉叔以为顶多待半年就可以回到老家，没想到一待就是六年，孙子鹏鹏也到了即将上小学的年龄。

鹏鹏去上幼儿园的空当，他就在小区四处溜达，在各个垃圾桶旁边转悠。他戴着手套，把垃圾桶里的纸壳、塑料瓶、破鞋子一一捡起来，放进蛇皮袋中。他把捡来的垃圾放在一楼一个隐蔽的地方，他不敢拿回家，隔两三日再拿到门口的废品站卖掉。一个月下来也能挣个五六百块钱。他数着一张张钱，悬着的心踏实了许多。自己挣的钱才花得带劲，自力更生依旧是他这辈子不变的信条。

"我快解放了，老周，孙子下半年就上小学，我就可以回老家了。"辉叔经常在我父亲面前念叨着这句话。父亲听了这话总会有意无意地看着我。

回去的日子越来越近，辉叔的心情也随之变得欢快了许多，脸上时常露出灿烂的笑。

辉叔买好了回老家的火车票，却还是没能如愿回去。

那日，他正在小区捡破烂，裤兜里的手机剧烈震动起来，熟悉的铃声在耳畔响起。是小儿子打来的电话。小儿子说媳妇怀孕快四个月了，让他帮忙去上海照顾一下。辉叔放下电话悲喜交集。喜的是结婚五年的小儿子终于有了孩子，悲的是归乡之路变得遥遥无期。

"爸，你已经给哥带了六年孩子了，也该过来帮帮我了。我一个月房贷要一万多，你来带孩子，燕子就可以去上班了。"小儿子的话一直回荡在他的耳边，如紧箍咒般。他怔怔地看着苍茫的夜色，叹息了一声。

周末，父亲买了点凉菜和啤酒，他要过去给辉叔送行。父亲一直喝到下午三点多才回来。父亲进屋时脸色绯红，他一喝酒就红脸。辉叔是晚上九点的火车，他怕孙子鹏鹏哭，就说去上海玩一趟，过几天就回来。满脸稚气的孙子害怕爷爷骗他，硬要和他拉钩发誓。柔和的灯光下看着可爱淘气的孙子，辉叔回想起这六年来的点点滴滴，心底五味杂陈。

父亲回来后沉默不语，仿佛从辉叔的身上看到自己的宿命。辉叔走后，父亲复又陷入孤寂之中。父亲如一条年迈的鱼，鱼鳞上镌刻着的那无数个宽窄交替的圈，暗示着它已步入暮年。这条鱼艰难地摆动着鱼尾，游入异乡的河流中，努力与河水融为一体。

3

每天晚上十点，把女儿哄睡后，我开始写作。我的房子紧挨着东莞大道。东莞大道车流密集，深夜，疾驰的汽车摩擦地面发出的刺耳的轰鸣声汇集在一起，撕咬着人的耳膜。父亲最怕噪音，他有偏头痛的旧疾。此刻屋外的噪音钻入他的脑海里，仿佛一只只蚂蚁在啃食着他，让他头痛难忍。

父亲在床上辗转反侧。我问他怎么了。父亲却说没事。见父亲每日睡眠不足，精神萎靡，我顿觉心酸。几日后，我找人在每个房间安装了隔音玻璃。隔音玻璃很厚很重，尖锐的噪音被阻挡在外。

隔音窗关闭后，屋内的空气仿佛凝固了，很闷。父亲闷得慌，又觉得心跳加速。午夜，我抱着哭泣的女儿从房间里走出来，惊讶地看见父亲睡在客厅的木沙发上。"这里凉快，透风。"父亲笑着跟我说道。屋外的月光透过阳台洒落在我和父亲身上。这一幕让我想起许多年前的盛夏时节，屋外如银的月光洒落在大地上，深邃的天空繁星点点，无数只萤火虫在半空中划下优美的曲线。院落里静谧无声，父亲带着我们哥俩睡在清凉的竹席上，耳边不知名的虫子匍匐在草丛里发出鸣叫声。在阵阵晚风的吹拂下，我们缓缓进入梦乡。一晃多年过去，同样的情境，父亲却已年迈。

年迈与疾病如影相随。

半个月后，父亲忽然吞咽困难，发低烧。吞咽疼痛的父亲担心走上祖父的老路。2010 年年底，祖父查出食道癌晚期。食道，这条世上最微小的路，意义却最重大，它事关生命粮草的运输，一天也不能有事。不到半年，祖父就撒手而去，原本健壮的他在疾病的侵袭下变得瘦骨嶙峋，去世时只有六十多斤。

巨大的恐慌，让父亲渐生退意。

那天中午，父亲好几次看着我欲言又止。在我的询问下，最终说出了想回家的意思。我一时不知所措。我打电话给身边的几个姑姑和姨妈求助，询问她们是否有空来帮忙照顾孩子，姑姑和姨妈都委婉地拒绝了，她们也需要带孙子和孙女。

为了打消父亲心中的疑虑，我带他去了附近的莞城人民医院做检查。挂号窗口排着长长的队伍，空气污浊，各种气息混杂在一起。喉镜检查室门外的走廊上弥漫着福尔马林的味道，父亲坐在椅子上显得心事重重。他不时朝远方的天空抬头望一眼，他微微颤抖的双手让我想起了过世多年的祖父。当我从思绪中回过神来，诊室里在叫父亲的名字。父亲看了我一眼，起身走了进去。

一墙之隔传来父亲痛苦的呻吟声。十几分钟后，结果出来了，是扁桃体发炎。拿着检查单，细细看着上面的诊断结果，父亲脸上多日的阴霾似乎消散了许多。

4

暑假回到老家后，父亲不想再出来了。一年带娃下来，父亲消瘦了很多。村里人一脸疑惑地问他为何一年没见，头发都快掉光了。父亲沉默不语。

在外漂泊了二十余年的父亲对远行产生了抗拒心理。不管母亲如何做工作，父亲始终沉默不语。我忧心忡忡。

暑假将尽，我和妻子发生了激烈的争吵。我执意请一个保姆带孩子。"家里现在这个样子请得起吗？一年将近十万块钱。钱从哪儿来？"妻子吼了一声。

争吵声透过门的缝隙传出去，我不敢再吭声，担心母亲听到。看着妻子欲哭的模样，想起这些年她不离不弃地跟着我在异乡颠簸，我也于心不忍了。

夜深了，我从二楼下来，看见母亲孤坐在客厅的板凳上，眼眶湿润。

妻子几个闺蜜的公婆都身体健康，以前在体制内上班，退休后拿着不少的退休工资。精力充沛的他们不仅能帮忙带孩子，还能在经济上给予子女支持。我年迈的父母是面朝黄土背朝天的农民，体弱多病，每个月只有一百多元的乡村养老补助金。父母的暮年危机四伏，他们的安危都捆绑在我身上。我多年辗转于南方的各个工厂，只是千万打工者中的一员，我的无能让他们的暮年生活笼罩着一层阴影。从父母亲暮年的窘境里，我仿佛看到了自己多年后步入暮年的背影。

　　临返东莞前几天，正焦虑之际，母亲忽然跟我说她准备跟我去东莞带孩子。母亲说话的语气很坚决。看着母亲步履蹒跚的样子，我果断拒绝了。返程的日子越来越近，见我犹豫不决、心事重重的样子，母亲笑着对我说道："让我去吧，肯定能帮你带好孩子。"末了，母亲又说："我这辈子还没去过大城市呢，这回恰好可以去看看外面的世界。"母亲的这句话如一块巨石砸入我的心海，我才意识到年过六旬的母亲大半辈子未曾踏出过村庄半步，巴掌大的村庄是她生命的半径。

　　我最终答应了母亲。多年后，每每想起母亲蹒跚着步履跟着我来到东莞的场景，内心总是备受煎熬。

　　清晨，楼下响起细微的声响。母亲起床了。腊肉、腊鸭、腊鱼、酸菜、辣椒、一百多个土鸡蛋、菜籽油、酱萝卜等等，母亲装满了三大袋子。她恨不得把菜园子里的蔬菜都带过去。菜塞满了车的后备厢。

车启动时，母亲忽然想起什么，又下车。几分钟后，她颤颤巍巍搬出来一个一米高的自动艾灸椅。我见状，赶忙下车，从她手里接了过来。风湿性关节炎已缠绕了母亲三十多年，这些年病情加重，她的手脚都肿得变了形。每每天气变冷，母亲的腿就隐隐作痛，仿佛有无数只蚂蚁在撕咬。这是母亲年轻时落下的病根子。去年，母亲从集市上买来这个电动艾灸椅。每日艾灸坚持下来，母亲的腿疼没有以往那么频繁了，脸上渐渐多了些笑容。

返程的路上，母亲晕车，一路上吐了四五回，吐到最后一点力气都没有了，软塌塌靠在靠背上。母亲这辆生命的汽车已锈迹斑斑，几近报废，却依旧跟着我长途颠簸。

抵达小区已是薄暮时分，匆匆吃完晚餐，洗漱完，母亲就睡下了。屋内很快响起均匀的呼吸声。她太累了。

次日清晨，我还在睡梦中，屋内就响起窸窸窣窣的声音，母亲起床了。我看了女儿一眼，她还在睡梦中。一个转身，我又昏昏沉沉地睡去。再次醒来时，天已大亮。打开门，走出房间，看见客厅的地板一尘不染，光亮如新。母亲已拖完地，她正在厨房里忙碌着。不远处的阳台上挂满了刚洗好的衣服。

鸟的寿命长短不一。一只鹰的寿命达七十岁，几乎与人持平。当一只鹰活到四十岁，它尖锐细长的喙变得弯曲；它的爪子慢慢变得僵硬，捕捉猎物也由敏捷变得笨拙；它的体态变得臃肿，密集的羽毛让翅膀变得十分沉重。在天空飞翔一段距离，它就气喘吁吁，必须停下来，喘息几口。在一个纪录片里，我看过一只四十岁的鹰拍起沉重的翅膀，艰难地飞过山顶，在陡峭的山崖栖息下来。它用它的喙击打坚硬的岩石，直至鲜血淋漓，完全掉落。鹰在悬崖边发出悲凉的叫声，它在无边的寂静里等待着新的喙长出来。它用新长出的喙把老化的布满老茧的趾甲啄开，一块块沾满鲜血的趾甲脱落在地。当新的趾甲长出来后，鹰便用新的趾甲把身上的羽毛一根一根拔掉。一百五十天后，鹰的新羽毛长出来了。它获得了新生，重新翱翔在天际，一圈接着一圈，身姿威武而轻盈。但它依旧会一点点老去，直至抵达生命的终点。

母亲这只鹰已年过六旬，她的翅膀变得沉重，视力模糊。母亲不识字，年幼时，她只上过几天学。来到城市后，面对家里全自动化的洗衣机、烧水器、微波炉、电饭煲，看着上面密密麻麻的按钮，母亲如临大敌。工作完的洗衣机发出嘀嘀的声音，母亲惶恐地看着我。在我的耐心指导下，母亲才慢慢学会。

紧挨东莞大道的都是楼梯房，每栋六层。没电梯，腿脚不便的母亲更不愿下楼了。母亲膝盖骨的滑膜被几十年的风湿性关节炎渐渐吞噬殆尽。滑膜的主要作用是分泌关节滑液，而关节滑液能够有效地缓解关节内部的摩擦和震动。没有了滑膜的滋润和缓解作用，母亲的膝盖骨随着步履的摆动不断摩擦着，直至水肿起来，疼痛不已。疾病让肉身变得沉重起来。

　　这一百多平方米的屋子就是母亲的全部世界。仅有的几次出门，母亲也不敢走出太远。她怕迷失在密集的人流里，找不到回家的路。一次出门，母亲在偌大的小区徘徊了许久，却找不到回家的路。最终在保安的指引下才气喘吁吁地回到家。

　　母亲出去也很少说话，她担心自己那口半生不熟的普通话说出口，会招来别人的鄙视和嘲讽。

　　一个无形的牢笼把母亲困住。母亲感到了无事可做所带来的强烈的空虚感。

　　女儿睡着时，母亲孤坐在沙发上看电视。

　　那个周末的午后，电视屏幕上，一头年迈的母象静静地躺在地上，它的身体慢慢变得冰凉。一头年轻的大象不停地用自己的鼻子触摸着逝去母象的身子，眼里满是泪水。大象的泪深深触动着我。流泪的大象是逝去母象的孙子，它们是祖孙关系。这头年轻的大象是它祖母带大的。象群是母系氏族关系，通常有一头年迈而生存经验丰富的母象充当着部落群体的首领，它有着至高无上的权力，公象也敬畏三分，不敢贸然靠近。

抚摸是最后的告别。在不断用长长的象鼻触摸逝去祖母的过程中，那些久远的记忆迅疾清晰地浮现在它的脑海里。年幼的小象外出觅食时，它的祖母总是寸步不离地跟在它身边，避免它受到天敌的侵袭。许多次它不小心陷入深深的坑中，不远处的狮子虎视眈眈地看着它，陷入绝望之际，祖母的及时出现让它眼前一亮。庞大无比的祖母迅速伸出援手把它从坑中拉了出来。它是族长又是祖母，是它无微不至的关心让小象成长为一头健硕的成年大象。

逝去的母象迅速被埋掉，流泪的大象站在原地，久久不肯离去。

眼前的一幕触动了母亲，母亲眼眶红了起来。我看着母亲久久不语。

一下午，这一幕长久地浮现在我脑海里，我突然想起来美国人类学家克里斯汀·霍克斯提出的著名的"祖母假说"论。克里斯汀·霍克斯在深入哈扎部落进行研究时，提出了"老祖母才是人类核心竞争力"的"祖母假说"，认为"人类女性的寿命之所以比生育年龄长得多，是因为她们能为子孙后代提供进化上的好处，促进后者的生存、繁衍和发展"。

原来，造物主无形中把一切命运安排得妥妥当当。更年期意味着繁殖力的丧失。造物主让一个女人进入更年期，是为了更好地照顾第三代。

但相比于动物，人把"祖母假说"论体现得更为淋漓尽致。当扮演着祖母身份的年迈女人疾病缠身，或者过早逝去，祖父则不得不扮演起祖母的角色，整日围绕在孙辈身边，细心地呵护他们。

大象是群居动物，它们生命的活动半径是固定的，即使迁徙，一家人也聚集在一起，不曾分离片刻。在城镇一体化的时代巨轮下，人不得不迁徙，不得不告别亲人和故土，离别早已成为常态。数千万祖父祖母们不得不在暮年背井离乡来到陌生的都市，成为老漂一族中的一员。陌生的环境和语言加深了他们心底的疏离感。

电视看累了，母亲就坐在阳台上晒太阳，冲着外面的草木发呆。在老家时，我最怕母亲忙碌的样子，总希望她能坐下来休息片刻。在这里，我却最怕母亲久久地坐在板凳上沉默不语。母亲在想什么？是不是在想家？是不是在担忧自己没有任何经济保障的暮年？还是想念一个人在家的父亲？

我不曾想到，来到这里，母亲生命的半径并没有得到拓展和延伸，反而缩小为一栋窄小的房子。在房子里坐久了，母亲浑身酸痛，只有这时她才会下楼坐一会儿，呼吸一下新鲜空气，活动活动筋骨。

5

那天，久未出门的母亲想下楼出去走走，拉开门的刹那，她看见一个年过八旬、佝偻着身子的老人。老人是我家对门的邻居。母亲看着老人，老人笑着看了眼母亲。

老人手扶栏杆，弓着背，蹒跚着缓缓下楼，同样的腿脚不便拉近了她们的距离。在城市的各个小区，家家户户大门紧闭，邻居的身份形同虚设。母亲枯井般的生活慢慢泛起阵阵涟漪，她们偶尔串门，唠叨着家常，深陷在过往的回忆里。

老人两岁丧父，四岁丧母，成了孤儿。她母亲去世前把她托付给她的大伯，那是二十世纪三十年代。寄人篱下的凄苦深深记在她心底。大伯家孩子多，她常成为被忽视的那个。春节，堂哥堂姐堂妹都穿着崭新的衣服，只有她仍穿着旧衣服。她躲在墙角偷偷哭泣。大年三十的黄昏跑到亡父亡母的墓碑前静坐，直至夜色如潮水般降临。

十岁那年，她被送去了县里的孤儿院。在孤儿院，相似的命运让这些孩子同病相怜，她昏暗潮湿的生命里终于照进一丝光亮。

嫁人，生子，养育子女，时光一晃而过，这五十年，她把六个子女抚养成人。看着一个个孩子成家立业，她很宽慰。

时光把她的身体拉成一把弓，弓的弧度越来越大，她越来越老了，往事一幕幕浮现在她脑海里，她以为这辈子剩下的时光就会在这日复一日的寂静和孤独中度过。

2022年盛夏，一个电话打破了平静。八十二岁的她在最小的儿子的再三恳求下踏上了去往异乡的路。这是她的第一次出门远行。小儿子是她在四十五岁这年生下的。

小儿子的决定遭到了他哥哥姐姐的强烈反对，让年过八旬的老母亲出门远行无异于一场冒险。苦苦哀求下，他的哥哥姐姐才勉强同意。

每天清晨五点，她就醒了。她扶着楼梯缓缓下楼，而后弓着背推着小推车朝外面走去。小推车的扶手前面是一个长方形的箱子，箱子很结实，可以放东西，也可以坐人。老人每次都是推着小推车去买菜。走累了，她就坐在箱子上喘息片刻。

孙女刚上幼儿园，孙子正上小学二年级。每天接送小孩的任务落到了老人身上。傍晚时分，学校下课后，老人的孙子和孙女坐校车回到小区门口，再在同班同学父母的帮助下，带到老人手里。每天傍晚时分，老人就坐在一楼的长椅上等孙子孙女归来。

黄昏，老人和母亲静静地坐在楼下的长椅上，柔和的阳光映射出两张沟壑纵横的脸。看着这一幕，我脑海里忽然浮现出千里之外的故乡，夕阳的余晖里，几个老人孤坐在墙角的板凳上，静静地看着眼前熟悉而陌生的村庄。相似的一幕，却已是故乡与异乡之别。

这样的时光是欢愉静谧而短暂的。

母亲不知为何心生退意。

那日母亲笑着对我说："林林，带完今年，等孩子上幼儿园了，妈就回去。"我笑着说好。妻子沉默了一会儿说："生二胎怎么办？"我说："我会努力挣钱的。"几日后，为了签下一个单，我喝得大醉，直至深夜十一点才回家。满身酒气地推开门，母亲还未睡，正坐在客厅等我。

"医生说了不能喝酒，你还喝酒，再这样下去我明天就回老家。命都没了还要钱干吗？"灯光下，一向温柔的母亲忽然厉声呵斥道。我怔怔地看着母亲，母亲头也不回地进屋了。一连几日，母亲没有跟我说话。我保证再也不喝酒，母亲的表情才舒缓许多。

母亲患有高血压、糖尿病，随身携带了从老家卫生院开来的高血压药。她按医嘱每天吃一粒。每天早晨起来和晚上睡觉前，母亲总会拿出血压计量一下血压。当血压在正常范围时，她脸上就会露出欣喜的笑容。血压计上的数字时刻左右着母亲的心情。

十二月，屋外寒风呼啸。晚上八点，母亲忽然感到头晕恶心，浑身无力，我急忙拿出一旁的血压计，血压已飙升到一百九。去年，老家的三叔因高血压晕倒在地，浑身无力。漆黑的夜里，他挣扎着掏出手机拨打了四叔四婶的电话。幸亏及时送医院，救下一命。

夜色苍茫，我背着母亲疾速跑到停车场，打开车门，把她抱上车，焦急地往市人民医院驶去。车在环城路疾驰，我心慌不已，后座的母亲痛苦地呻吟着。我不时告诫自己镇定下来。

医院夜班诊室门口黑压压一片，人们戴着口罩焦躁不安地来回走动着。在急诊室，经过一番处理用药后，母亲的血压终于降了下来。我长舒一口气。点滴一点点输入母亲的身体里，劫后余生的母亲闭上眼睛，疲惫地靠在座椅上，脸色煞白。看着母亲瘦削疲惫的身影，望着苍茫的夜色，我的心一阵疼。母亲本该在老家静享晚年，却被我带入另一个危险的漩涡里。

回到家已是深夜，疲惫的母亲很快睡着了。我站在阳台上不停地抽烟，烟灭了又重新点燃。我呆若木鸡，把自己坐成了一尊雕塑。仿佛如此，才能宣泄内心的焦虑和恐慌。

起身，往不远处望去。夜色深沉，昏黄的灯光下，那棵枝繁叶茂的大榕树清晰可见。在潮湿的岭南，榕树随处可见。榕树有两种根，一种是原根，一种是气生根，原根深扎在大地的土壤里，而气生根如白色的胡须垂挂在半空中。

在南方潮湿的空气和充足的阳光下，榕树尽情伸展枝丫，枝繁叶茂，树冠如盖。榕树生长迅速，它的根须不断从地下汲取营养向上传送，却力不从心。沉重的树冠压得树干喘息不过来。面对树干随时压垮在地的危险，悬空的气生根拼命吮吸着空气中的养分，以垂直的姿势一头扎入泥土中。时光的流逝下，它们慢慢变粗，变成支柱根，树干般支撑着沉甸甸的枝丫。它们吸收着土里的水分和养料，向上输送，并使出全身的力气支撑着榕树，使得榕树的领地慢慢变大。

在故乡，母亲的步子每时每刻都是紧贴着大地。在东莞，母亲跟着我住在三楼的房子里，对于腿脚不便、不爱出门的她而言，大多数处于悬空的状态，她的步履紧挨着地板，与异乡的大地隔着七八米的距离。我常想，我的父母亲就是眼前悬空的气生根。悬在半空的他们试图扎入异乡的泥土深处，是为了让我这棵榕树在异乡站得更稳，更能经受住暴风雨的侵袭。在无数气生根的依托下，一棵棵树汇聚在一起，得以成为一片森林。

夜色苍茫，转身进屋。母亲、妻子、女儿都已入睡。夜风吹动着窗帘，发出窸窣的响声。

轻轻推开门，如水的月光透过窗棂照在母亲的脸上。那是故乡的月，也是异乡的月。

暮色苍茫

1

2011 年深冬时节，一个雨雾笼罩的清晨，嫂子在老家产下一个女婴。远在广州花都区鞋厂上班的哥哥得知消息后，迅速买票坐上了回家的火车。火车的轰隆声不时在耳畔响起，他歪着头斜靠在椅背上，沉沉的睡意来袭，很快深陷在睡梦中。

火车抵达吉安站已是晚上六点多，夜幕降临，广场上人流密集，各种叫卖声交织在一起汇聚成一种别样的乡音。哥哥走出站台，深吸一口气，清冽的空气让他顿觉精神了许多。

来不及喘息，他踏上了回乡的中巴。两个多小时的颠簸，临近晚上九点，汽车在县长途汽车站的门口哼哧一声停了下来，仿佛是一个疲惫不堪的旅人。回村的公交车此刻早已停运，归心似箭，他迅速坐上了一辆出租车。

出租车在苍茫的夜色里疾驰，凛冽的寒风透过窗的缝隙闯入车里。回到家已是深夜，一盏盏熟悉的灯火在晚风中左右摇曳着。嘎吱一声，门开了，昏黄的灯光下，看着襁褓中的女儿，哥哥小心翼翼地把她抱入怀中。

一个月后，在浓郁的年味里，我也回到了老家。午后，我蹑手蹑脚地走进房间去看侄女，她正酣睡着，发出浓重的呼吸声。这呼吸声传到耳里，我顿觉有些异常，心底有些不祥的预感。

彼时，父母亲身体尚且硬朗，母亲刚过五十，父亲还不到五十五。母亲虽患风湿性关节炎多年，但那时还不严重，生命的寒意还未完全笼罩她。

侄女满一百天后，嫂子就和哥哥匆匆踏上了回广州的火车，春节刚过，正是春寒料峭之时，空气中还弥漫着一股寒意。几日后的清晨，父亲坐上了前往深圳的大巴。父亲做了一辈子木工，他想趁自己还干得动再挣一些养老的钱。喧闹的家顿时变得寂静起来，家里只剩下母亲一人带着刚满一百天的侄女。

孩子是血脉的延续，带好孙女慢慢变成母亲生命里的头等大事。

侄女白天睡，晚上闹腾。连续多日下来，母亲精疲力竭。彼时母亲尚且年轻，那些夜晚耗费的心血在经过短暂的休息后又迅速弥补回来。为了改变侄女的作息习惯，母亲白天大都不在家，她带着侄女在村里四处转悠。连续一周，侄女的作息终于改变过来。夜幕降临，喝完奶粉，她就进入了梦乡。

三个月后的一天深夜，侄女在床上翻来覆去，母亲伸手一摸，发现她浑身发烫，一测体温已是 39℃。母亲打着手电筒，紧抱着她，在漆黑的夜色里深一脚浅一脚地往卫生院走去。侄女一直到次日清晨才退烧。退烧不到三个小时，体温又迅速飙升。如此反复，母亲疲惫不堪。

无奈之下，母亲焦急地抱着侄女坐上了前往县城的中巴车。在县人民医院，儿科医生从她的鼻息中仿佛察觉出了什么。在 B 超室经过一番仔细的检查，侄女最终被查出患有先天性心脏病。

初为人父的喜悦顿时化为泡影。侄女患病的消息宛若晴天霹雳，哥哥连续几天沉默不语，怔怔地望着天空发呆，手中的烟灰散落满地。

但是侄女的治疗，还需要等待时机。

为了减轻家里的负担，哥哥初中毕业后没再继续求学，在镇上学了两年做皮鞋的手艺，次年跟着村里人去了广州的鞋厂打工。我大一那年暑假，第一次来到哥哥在广州白云区工作的小鞋厂。盛夏时节，走进车间仿佛走进一个大蒸笼，热浪翻滚。哥哥躬身坐在板凳上敲着鞋帮，一旁的工业落地扇高速旋转着，把阵阵热浪撕扯开来。刺鼻的胶水味随风散落在车间的每个人身上，一种浓烈的窒息感袭来，我在车间里待了十几分钟迅速跑了出来。

从早上八点工作到晚上十点半，哥哥和嫂子每天陀螺般飞速旋转着，只有在月底发粮那天才能停下来喘息片刻。在工厂，人如拧紧发条的钟表，只有时刻奔走，才能发出嘀嗒嘀嗒的响声。

日复一日地忙碌下来，哥哥月薪五六千，嫂子则只有两三千。曾经健壮的哥哥慢慢变得消瘦，感冒的次数也日渐频繁。大二那年暑假，我再次来到哥哥这里。屋外酷热难耐，浑身无力的哥哥盖着一床被子躺在床上，看着悬挂在木架子上的药水顺着皮管子缓缓流入静脉血管里。在身体发出的警钟声里，他终于停了下来。车间里弥漫着的胶水味裹挟着苯渗入肌肤，随着血液循环往复，它潜伏在体内，等待着时机张牙舞爪。

城市的喧嚣映衬着村庄的孤寂。寂静的村庄只有逢年过节才会热闹起来，平日里如一口枯井。

那年夏天，母亲带着三岁的侄女睡在紧挨着客厅的那个房间里。房间背阴，到了晚上，在阵阵晚风的吹拂下，更加凉意袭人。半夜，清凉的月光洒落大地，村庄的人都沉浸在睡梦中。母亲从睡梦中醒来，翻身的刹那，一个模糊的身影出现在她眼里。她心底顿时一惊，冷汗直冒。那个模糊的身影正趴在窗户上朝房间里张望着。母亲迅速镇定下来，她咳嗽了两声，大声喊着父亲的名字，假装父亲在家。突如其来的声音吓跑了窗外的盗贼。

次日，母亲从墟上买来一条狗。夜色深沉，匍匐在门口的狗仿佛一个忠于职守的士兵，它竖起耳朵静听着周遭的一举一动。一有风吹草动，它就立刻直起身子狂吠起来。声音是一种无形的威慑。狗成为留守在家的母亲和侄女的陪伴。

彼时的我年近三十，看着村里与我同龄的伙伴纷纷结婚生子，母亲为我的婚事很操心。

"孩子，早点结婚生娃，趁妈身体还好时，还能帮你带一下。"母亲苦口婆心说道。我一时语塞。我不想凑合着结婚，想找一个真正爱的人过一辈子，我静静地等待生命中的那个人出现。

2014 年年初，家里给我介绍了一个远方亲戚的女儿，试着相处了一个多月，母亲总是隔三岔五打电话过来问我怎么样。我报喜不报忧，说挺好的，年底就可结婚。电话那边的母亲听了很高兴。许多个深夜，我扪心自问是否真心喜欢这个女孩，得到的却不是强有力的回应。想着要和这个女孩过一辈子，我心生恐慌。那一晚，我独自在天台站立许久，终于拨出了那个难以启齿的电话。电话那边传来哭泣声。哭泣声加剧着我内心的负罪感。如水的月光下，我狠狠扇了自己一巴掌。最终还是主动提出了分手。

"挑来挑去，你要挑到什么时候去。"得知我的情况后，母亲在电话里厉声说道，她已在家里烧了几坛准备年底结婚的老酒。我匆匆挂断了电话。

年底回到家，母亲又在为我的婚事四处张罗。我拒绝去相亲。在乡村，只有把儿女的终身大事都办完了，父母的心才会完全踏实下来。

"早点结婚，妈还可以帮你带孩子。那么晚，你以后会后悔的。"母亲一脸失望地说道。说完，母亲转身进房间，只留给我一个踉跄的背影。昏黄的灯光映照出她沟壑纵横的脸，那是时光留下的褶皱。

我独自坐在门槛上抽烟，一直到很晚，才起身进屋睡觉。

2

母亲一语成谶。

2014年深秋时节，母亲一连多日，感到疲惫和乏力。她咬着牙推着侄女回到家里，在床上静静地躺了一会儿，忽然感到下身一阵热流，她匆忙跑到楼梯间的马桶边。猩红的血如决堤的河流一泻而下。

一股不祥的预感慢慢在母亲心底积聚起来。一小时后，母亲又开始大量地便血。在马桶上蹲了许久，再次起身时，她感到一阵眩晕。她扶着墙回到房间，脸色苍白。侄女一脸稚气地看着她，问她怎么了。哄侄女睡着后，她欲休息一会儿。一觉醒来，她身上的无力感没有消失，反而加重。到了晚上，母亲的便血愈发严重起来。

疾病的暴风雨愈演愈烈，暴涨的河流不停冲击着堤坝。

哥哥、嫂子和我连夜赶回了家。

几道病危通知书下来，母亲命悬一线。暗夜，我默默祈祷。治疗一个月无果，在省城一附医院，主治医生让母亲做胶囊内镜，说胶囊内镜是检查小肠最好的方法，"胶囊内镜通过口服进入胃、小肠，胶囊内电子摄像系统每隔 1-2 秒进行拍摄，并将照片传出来，以供检查。为目前检查小肠疾病最常用、最安全、几乎无创的方法。"但是，胶囊内镜检查需要八千块钱。母亲执意不肯做。

"到底是命重要还是钱重要？钱花了可以再挣回来。"哥咬着嘴唇，看着我说道。

母亲怔怔地看着我们，无言。

一周后，检查结果出来，母亲小肠的样子一览无余。"这几个粗糙打结的小血管有点畸形，暂时不宜做手术，定期随访复查。"病因找到了，但医生却束手无策。

次日，主治医生就建议出院。病房太紧张，必须腾出床位给别的病人。我们进退两难，但也只能在护士的不断催促下，办理了出院手续。

南昌的天空灰蒙蒙的，暮色里，哥哥和我搀扶着母亲上了出租车。母亲坐在紧挨窗户的位置，她瞥了一眼窗外的高楼大厦，很快就垂下了双眼。她无心细看窗外的车水马龙和高楼大厦。从未出过村子的母亲在疾病的驱赶下来到省城。现在，她带着一个悬而未决的结果踏上了归途。

回到老家，母亲躺在床上，厚厚的被子覆盖着她瘦弱的身躯，时而望一眼窗外，时而怔怔地望着天花板。在外打工多年的父亲已提前回到故乡照顾侄女。父亲种菜、喂鸡、煮饭、炒菜、打扫卫生，把家里打理得井井有条。母亲虽然食欲恢复正常，精气神也不错，但再也无法回到从前。一场大病下来，她一下子苍老了十几岁。与同龄人站在一起，母亲老态凸显。

半年后，在父亲的细心照顾下，母亲慢慢恢复过来。午后，母亲经常坐在门槛前的旧板凳上，望着深邃的天空，久久不动。没有人知道母亲在想什么。

从死神手里挣脱出来的母亲对我的婚事愈加焦虑起来，这仿佛一块巨石压在她心口。她时常打电话询问，语气里带着深深的不安与忧虑。

3

在外打工多年归来的父亲和大病初愈的母亲一起照顾着年幼的侄女。

母亲的病和侄女的病交织在一起，吞噬着洒落在屋顶的阳光。

跟同龄的孩子相比，侄女显得异常消瘦，她不能剧烈运动。三到五岁是治疗先天性心脏病的最佳时间，父亲和哥哥开始带着侄女频繁往返于省城南昌的医院。

2015 年 6 月，哥哥请假从广州回来，带着父亲和四岁的侄女一起奔赴南昌，留下大病初愈的母亲孤守在家。

侄女满是兴奋，她以为是去南昌游玩。在通往南昌的火车上，侄女喜鹊般叽叽喳喳。她不知道去南昌是做心脏介入手术。

在省儿童医院做完一系列术前检查后，手术被安排在次日早上。手术前，在苍白的病房里，看着别的孩子哭泣不止，侄女才开始心生恐惧，嚷嚷着要回家。在父亲和哥哥的不断安慰下，侄女慢慢安静下来。晚饭后，哥哥去超市买了奥特曼玩具给侄女，她爱不释手。"要像奥特曼一样什么都不怕。"哥哥在一旁鼓励着。

次日早上九点，在父亲和哥哥的陪伴下，瘦小的侄女跟着护士进了手术室。闭上眼，哥哥脑海里就浮现出瘦弱的她躺在手术台上的场景。

手术很成功，哥哥悬着的心终于落了下来。

一周后出院，火车抵达吉安火车站已是深夜。出火车站，广场上人影寥落，路灯发出橘黄的光。哥哥紧抱着侄女，父亲跟在后面，他们的脚步声回荡在半空中，惊醒了沉睡的夜。他们在广场附近的宾馆住了下来，窄小的房间里，侄女紧抱着哥哥沉沉睡去。

凌晨五点，父亲轻轻抱起熟睡中的侄女准备回老家。哥哥透过窗玻璃看着父亲抱着侄女走进苍茫的夜色里。哥哥从裤兜里掏出一根烟，迅速点上，狠狠地吸了一口。他在房间里来回踱着步，焦躁不安。广场上通往老家永新的大巴车已亮灯。父亲抱着侄女走到半途，侄女突然醒了，一个劲地哭喊着要爸爸，问爸爸去哪里了。她不停地扭动身子，父亲有些束手无策，停了下来。侄女使劲朝宾馆的方向挥着手，大声喊着，爸爸，你快过来啊，你快过来。父亲没吭声，加快了脚步。撕心裂肺的啼哭声回荡在夜空中，侄女的哭泣声仿佛一把把锋利的刀直插在哥哥的心口。哥哥疾步走到房门口，正欲出门，却又转身回到了房间，拉上窗帘，面无表情地坐在床沿。哭声越来越弱，直至耳畔响起汽车发动的声音。侄女的哭声触痛了哥哥内心脆弱敏感的地方，一股深深的悲伤把他攫住。

回到县城，天已大亮。侄女满脸泪痕地问爸爸去哪里了。父亲带着侄女去了附近的玩具店，买了一个她平日里一直嚷着要买的布娃娃，她才破涕而笑。

侄女的病让母亲陷入担忧，母亲担心嫂子生二胎重蹈覆辙，三番五次劝哥哥早点离开鞋厂。哥哥这些年一直在鞋厂挣扎着。鞋厂那种熟悉的味道已深深镌刻到他的骨子里。哥哥曾尝试着开店创业，挣扎了几次，一切又回到了原点。

在母亲的几番催促下，2016年春节，在广州鞋厂打工近二十年的哥哥和嫂子终于在村里人的介绍下离开广州，去了温州瓯海区的一家大型鞋厂上班。到温州瓯海区后，每周不仅能休息一天，工作环境也好了很多，车间视野开阔，虽然人员密集，但通风很好。嫂子在流水线上工作，多劳多得，每天从早上七点半上班，中午休息一个小时，晚上一直加班到深夜十一点才停歇下来。月光洒落在工业区的马路上，哥哥骑着一辆转手买来的二手摩托车，来到嫂子所在的分厂，静静地守候在厂门前。虽然工作异常辛苦，但每个月能拿到八九千的工资，有时能拿到一万。发工资那天，嫂子总是笑得特别灿烂。

哥哥和嫂子在广州时，逢年过节，我总会兴奋地踏上通往广州的大巴。暮色降临，大巴车进入灯火辉煌、人流密集的广州市区，我的心也跟着兴奋起来。哥哥不时用微信问我到哪里了。我仿佛看见哥哥和嫂子在厨房里炒菜的身影。他们离开广州后，我的心空荡荡的。

工作环境好了后，见侄女已上小学，母亲又整日叨念着哥哥和嫂子早日生二孩。

"生两个孩子，彼此有个伴。"母亲心事重重地说道。

侄女是 2011 年出生的，如今已七岁。这些年，哥哥把大部分时间和钱都耗费在了治疗侄女的心脏病上。他和嫂子没有多余的精力和财力去准备第二胎。一边是新生命的孕育，一边是父母日渐颓败的肉身，现实的天平左右晃荡着，在哥哥耳边发出嘎吱嘎吱破碎的响声。

相比于催促哥哥和嫂子生二孩，母亲更焦虑于我结婚的事。

"林林，我现在最大的愿望就是看到你结婚生子了。"昏黄的灯光下，母亲一脸哀伤地说道。母亲的话让我陷入巨大的压力中。彼时的我正和女友因异地而拉锯。我在东莞，女友在老家的一个公办学校教书。异地恋让这份感情岌岌可危。

2018 年，经过近四年的异地恋，她终于来了东莞工作。我们苦苦坚持的爱情突破层层阻拦，有了结果。母亲紧蹙多年的眉头终于舒展开来。

4

在母亲的不断催促下，哥哥和嫂子终于决定一边上班一边备孕。

时间一晃而过，2019 年年底，年味渐浓，大街小巷张灯结彩。工厂提前一个月放假，哥哥和嫂子带着大包小包踏上了回家的路。一年到头，他们只有年底的假期陪伴孩子。哥哥回到家后，侄女形影不离地跟着他。在家的这段时间，哥哥经常带着侄女去县城玩，他想通过这种方式来弥补缺失的陪伴。

春节过后，喧嚣也过去了，工厂开工的时间一天天临近。侄女每天计算着哥哥还有多少天要去上班。"爸爸，你还有两天时间就要去温州上班了。"眼看时间越来越近，侄女的脸上也跟着乌云密布起来。

哥哥和嫂子不停关注着工厂微信群关于开工的消息。晚上，正在刷微信的哥哥忽然看到工厂的群里蹦出来一条信息，开工时间由本来的正月初八推迟到了正月十八。推迟开工的消息传到一旁的侄女耳中，她兴奋地跳了起来。"哇，太好了，又可以跟爸爸在一起多待十多天了。"侄女边说边掰着手指计算着，满脸稚气。正月十五过后的次日，哥哥和嫂子收拾回温州的行李，侄女站在一旁闷闷不乐。正月十七晚上，一家人正围绕在炉火旁看电视，哥哥看了眼手机，忽然说道，开工又推迟到月底。适才沉默不语的侄女又兴奋起来。

　　一个落雨的清晨，哥哥和嫂子终于踏上了去温州的火车。临行的那一天，天还未亮，哥哥和嫂子就起床了。他们小心翼翼地下了楼，担心惊醒还在睡梦中的女儿。相同的场景，已重复了近十年。两个小时后，侄女一觉醒来，伸手一摸发现身旁空荡荡的，大声哭了起来。

　　抵达温州火车站已是次日清晨，到达工厂所在的社区已是早上九点，哥哥的工厂位于仙岩工业区，是国内有名的大东鞋厂，专门生产女鞋。

　　哥哥找到车间的主管，希望能早点进去上班。"厂里现在只开了两条生产线，你来迟了，还要再等等。"主管无奈地说道。"具体要等多久呢？"哥哥问道。"这个要看订单情况。"主管说完，匆匆进了车间。

　　为了能早日进厂上班，哥哥给主管买了一条软中华和一瓶红花郎。昏黄的灯光下，黑色塑料袋包裹着的礼品推辞了几次后，主管终于收下了。主管叫他再等等，有最新消息一定第一个通知他。工业区的小路上人迹稀少，月亮悬在半空中，带着些许寒意的月光洒落在大地上。裤兜里的手机响了一下。"爸爸，我好想你呀，你什么时候回来呀？"是侄女发来的微信。"爸爸要挣钱养宝宝呢，你在家要听爷爷奶奶的话，好好上学。"哥哥发完消息，蹲在马路边默默地抽烟。

这些年，哥哥如一颗螺丝钉，镶嵌在工厂这个机器上，飞速旋转着。如今，高速旋转的机器突然停下来，他反而有些不适应。时间变得无比漫长，哥哥不安地在屋子里走来走去。

无奈之下，哥哥进了几公里外的一家小鞋厂做临时工。小鞋厂环境恶劣，车间弥漫着浓郁的胶水味道，巨大的落地工业风扇摆在一旁，正飞速旋转着，黏稠的空气被撕裂开来又迅速缝合上。一切仿佛又回到了原点。深夜，踩着月光下班，骑着摩托车回到出租屋已是十点半。在小厂做，单价低，一天下来只挣两百多。冲完凉，躺在床上，哥哥只感到全身酸痛不已。睡意来袭，他很快沉入梦乡。

年幼时，哥哥酷爱天文，经常手持旧望远镜夜观星空。多年过去，哥哥只有在工厂发工资的那天才会静静地坐在阳台上，看着繁星闪烁的夜空发呆。

断断续续做了一个月，只挣了四千块钱，寄了两千五回去，交完八百块钱房租，兜里所剩无几。

深夜，我接到哥哥打来的电话。哥哥叫我帮忙在东莞找一份鞋厂的工作，他准备带嫂子一起过来。我迅速联系了几家在鞋厂做人事管理的朋友，得到的答复是工厂正在招人，但待遇不高，加班下来只有四千五。得知这边的待遇后，哥哥犹豫起来。

次日中午，我正在吃午饭，忽然接到哥哥发来的微信："弟，我已经进原先的工厂上班了。莫担心。"看着哥哥发来的微信，悬着多日的心终于放了下来。嫂子也进了另外一个分厂的流水线做普工。

哥哥和嫂子的工作都有了着落，让我不安的心宽慰了很多。日子暂时恢复了原有的平静，按照固有的轨道慢慢往前滑行。半个月后，我正在办公室写东西，哥哥忽然打电话来："林林，你嫂子怀孕了。"哥在电话那边说道，言语间满是掩饰不住的兴奋。两年前，哥哥和嫂子就准备要二胎，备孕了两年多都不见怀上，服用了很多调理身体的中药也不见效果。正当心灰意冷之际，这个小宝贝悄悄地到来了。怀孕的喜悦冲淡了哥哥内心多日来的苦闷，而添丁带来的生活重压又时刻让他喘息不过来。

嫂子在鞋厂流水线做普工，每天要工作近十四个小时，工作强度大，车间的胶水味也令人担心。侄女身患先天性心脏病的事这么多年过去依旧让人心有余悸，时刻在啃噬着哥哥的心。在瑞安人民医院查出怀孕后几天，哥哥迅速让嫂子办理了辞职手续。辞职后，哥哥上班的日子，嫂子就在出租屋安心养胎。在寂静的出租屋待了几天，嫂子又托厂里的熟人接了一些零活在出租屋里做。做一天零活能挣五六十块钱，嫂子也挺知足。

生活的河流看似平静，却暗流涌动。

深夜，哥哥骑着摩托车下班回到出租屋，胸口感到一阵隐隐的疼。冲完凉，躺在床上，看着已经熟睡的嫂子，他感到不安。打开手机，一条水滴筹的消息蹦出来。是三姨，他的心一下子提到了嗓子眼。他顿时睡意全无，一下子坐了起来。三姨查出肝癌中期。看着水滴筹上三姨形销骨立的样子，他很心疼。

重新躺下，胸口的隐痛没有散去，不安和恐慌在心底弥散开来。嫂子正怀孕，如果这个时候出个三长两短，可怎么办。一直到凌晨，他才昏昏沉沉地睡去。他渴望着一觉醒来，经过一夜的休息，身体就能恢复如初，变得生机勃勃，充满活力。

次日醒来，吃完早餐，胸口的疼痛没有消失，反而变得愈加剧烈。他忍着剧痛在车间待了一个小时，主管看着他满头虚汗的样子，关切地问他哪里不舒服。他摇了摇头说没事。半个小时后，疼痛难忍，他打车去了几公里外的人民医院。

做完B超，他焦虑不安地在走廊上等待结果。几分钟后，有医生喊他的名字。他接过B超单，双手不由得颤抖起来，手心冒汗。"肺部可见小结节，磨玻璃样，建议进一步检查。"哥哥拿着B超单子，心一下子凉了。

我迅速把B超单发给了熟悉的医生朋友，请求他帮忙仔细看看。几分钟后，朋友发来微信说，肺部小结节没事，很多人有，每年定期检查就可以了。不过磨玻璃样要定期检查，戒烟少熬夜。朋友的话让我吃了一颗定心丸。

命运的面孔，时而狰狞，时而温和。

嫂子怀孕不久，我妻子也怀孕了。消息传到母亲那里，她很高兴，心里悬着的那块石头终于落了下来。欣喜之余，母亲又陷入长久的担忧之中。一下子两个孩子出生，谁来带呢？

父亲见哥哥一人挣钱养家压力太大，和母亲商量了下，去了广州打工。当时广州黄埔区的一个项目正开工，他相识多年的工友叫他过去帮忙。父亲做室内装修三十多年，去过很多地方，大半个中国都有他的足迹。

次日，父亲坐上了前往县城的中巴车。母亲站在门口，目送着他渐渐走远。此刻，侄女还在睡梦中。侄女很依赖父亲，父亲也很宠侄女，无论去哪里都会给她带一件礼物回来。父亲担心侄女哭，便趁着夜色还未完全散去就提着行李出门了。

父亲头上已满是白发，每次出去打工前，都要买来廉价的染发剂，把头发染成黑色，他怕老板嫌他年龄大不要他。染成黑发后，父亲看起来确实年轻了很多。暗夜深处，斑驳的木工箱静静地躺在阴暗潮湿的房间里，里面装着锯、凿、斧、铲、刨、墨斗等工具，这些工具在他长久的使用下闪闪发光。父亲磨亮了这些工具，却衰老了自己。

父亲外出后，家里剩下母亲和侄女二人，只是此刻的侄女已读小学，可以照顾母亲了。

很长一段时间我害怕接到家里的电话，我怕电话那边传来不好的消息。人至中年，世事无常，有些草木皆兵的味道。一有风吹草动，潜伏在我心底的恐惧就会无限蔓延开来。

那日，我正在上班，忽然接到侄女的电话。"叔叔，奶奶腿疼，刚才走路突然摔倒在地上了。怎么办？我扶不起来她。"电话那边的侄女惊恐不安地说道。我迅速打电话给隔壁的五额娘。最终，在五额娘的帮助下，母亲才站起身。母亲躺在床上，侄女端来一杯温水递到她手里，紧接着又给她按摩全身。时光流转，照顾他人的重任传到了年幼的侄女手中。

放下电话，我打电话给父亲，劝他早日回去。

父亲在广州做了不到两个月就回去了。

染发剂掩盖不了父亲的衰老。那天，他扛着沉重的装修木板到三楼，一个回合下来气喘吁吁。身边的工友都是二十出头的年轻人，看着他们浑身有劲的样子，父亲想起多年前的自己。做一天四百块，父亲咬牙坚持着。那个阴郁的午后，父亲搬着沉重的板材一步步上楼，一个趔趄，他从二楼的台阶上滚了下来。沉重的板材压下来的那一刻，一旁的工友见状迅速上前挡住，父亲才幸免于难。父亲蜷缩在地上，在工友的搀扶下，才站了起来。他静坐在角落，怔怔地望着乌云密布的天空发呆。父亲沉默不语，仿佛陷入深深的回忆中。父亲只受了些轻微伤，脸和背部擦破了皮。深夜，窄小的出租屋里，橘黄的灯光映照着屋内的一桌一椅，父亲小心翼翼地往身上涂抹着跌打损伤药膏。

到第二个月月底，父亲也坚持不住了。木匠不仅是技术活，更是体力活。看着身边年轻的工友干活的进度，他感到一股无形的压力。

结完第二个月工资，父亲收拾行囊踏上了归途。不服输的父亲不得不承认自己老了。在残酷的现实面前，他几乎没有还击之力。父亲没想到会以这样一种狼狈的方式结束了自己大半辈子的打工生涯。他感觉自己就像一个逃兵，灰溜溜地回到了故乡。

5

怀孕三个月后，在哥哥的陪同下，嫂子回到了老家。从车上下来，看着村里熟悉的一草一木，她贪婪地呼吸着清冽的空气。进家门的那一刻，正在做作业的侄女高兴得蹦跳起来，上前紧紧抱住了他们。侄女终于结束了近十年的留守儿童生涯。

新生命的孕育让常年在外漂泊的嫂子第一次停下了匆匆的步履。

母亲担心嫂子怀二胎会重蹈覆辙，让她按时去县人民医院产检。幸运的是每次产检都顺利过关。

哥哥每个月六千的工资抚养一大家子显得捉襟见肘，为了减少他的压力，嫂子决定向三婶学习，在墟上卖鸭子。

年近六旬的三叔三婶大半辈子从未出去打工，原本深陷在贫困深渊里的他们靠着卖鸭子一步步站稳了脚跟。三叔从隔壁的村里和镇上把鸭子批发过来，次日凌晨两三点，他们揉着惺忪的睡眼起床，昏黄的灯光下，两人把鸭子杀了，拔毛、清除内脏，把内脏和鸭肉分开来。几十只鸭子处理完毕，天已蒙蒙亮。来不及休息，三叔开着三轮车，载着收拾好的鸭子往几里外的墟上赶去。严寒酷暑，日复一日，年复一年下来，三叔三婶成了方圆几十里最大的卖鸭子的商贩。逢年过节，需要杀好的鸭子的超市、饭馆和酒店纷纷下单，他们俩陀螺般高速旋转着。

嫂子从三婶那里以批发价买了六只鸭子，准备尝试一下。她摩拳擦掌，凌晨三点多起来把水烧好，而后杀鸭、拔毛、清理内脏。她不敢杀鸭子，一刀下去，鸭子拼命挣扎着。情急之下，嫂子只能求助于母亲。在厨房里忙碌着的母亲见状，疾步走过来，接过嫂子手里的刀，三下五除二就把鸭子杀掉了。

一整个上午，嫂子只卖出三只鸭子。剩余的三只鸭子无人问津。几只苍蝇在半空中不停盘旋着，她挥舞着手中的塑料帽子不停驱赶着。一直等到墟散了，三只鸭子还没有卖出去。忙活了一个上午，反而亏了一百多。几次下来，嫂子渐渐感到做小买卖的艰辛和无奈，最终选择了放弃。

刚溅起一圈圈希望涟漪的日子复又恢复了寂静。

2021 年正月初八，嫂子在县人民医院顺利生下一个女婴。二十天后，妻子在市区也生下一个女婴。初为人父的喜悦让我浑身充满前进的力量。

一下子增加两个孙女，母亲又喜又忧，忧的是无人带娃。好友刘峰的父母亲身体硬朗，他父亲在浙江金华他哥哥那里帮忙带娃，他母亲则跟着他在深圳带娃。深夜聊起这些，母亲陷入自责中。

　　彼时的母亲风湿性关节炎愈发严重，行走困难，疼痛间歇性地来袭，无法熬夜，更无法带娃。几番商量，嫂子留在家里带孩子。几天后，我驱车把哥哥送到萍乡北高铁站，看着他独自踏上了前往温州鞋厂的高铁。

　　带娃之余，嫂子去小镇的制衣厂接了一些手工活到家里做。一天下来也能挣二三十块钱。

　　2022年年底，距家一里路的319国道旁一个加油站开业了，这是一个私人加油站，招工信息迅疾传遍了整个村庄。试用期一千八，过了试用期两千七，许多人跃跃欲试。只招聘十二个人，却有近百人报名。

　　嫂子很想去试试，却苦于报名人多，应聘上的希望很渺茫。半个月后，在一个亲戚的帮助下，嫂子才如愿去了加油站上班。加油站两班倒，轮到嫂子上夜班时，带娃的任务就落到了年迈的父亲身上。彼时母亲正在七百里外的东莞给我带孩子。

　　夜色深沉，空气有丝丝凉意，加油站附近的稻田里传来阵阵蛙鸣声。加油站寂静无声，偶尔有一辆大货车从一旁的马路上疾驰而过。值夜班的嫂子坐在木凳子上，静静地看着周围的一切。整个村庄陷入梦境里，她是孤独的守夜者。家人分散各地，在属于各自的梦里挣扎着。

6

孩子出生后，我们夫妻俩都要上班，我咬牙请了一个保姆在东莞帮忙带娃。房贷、车贷压得我喘息不过来，母亲得知后一连多日辗转难眠。

在母亲的劝说下，父亲来东莞帮我带了一年孩子，年底回去时瘦削苍老了许多。任凭母亲如何劝解，父亲也不愿意再出来。次年春，母亲替代父亲跟着我来到了东莞带娃。

时光流逝，转眼到了这年年底。

"林林，要不我过几天回去吧？"深冬时节的一天，母亲说道。我看了母亲一眼，没吭声。生活的重压已让我疲惫不堪，我几乎丧失了说话的欲望。母亲见我不语，没再说话。

"林林，我过几天回去吧，这几天胃疼得厉害。"一周后，母亲又对我说道。恳求的语气，像一个做错事的孩子。

"回去回去，天天喊着要回去，要回去以后就不要再来了！"我忽然情绪失控地大声喊道。我的怒吼吓了母亲一跳。母亲不吭声了，屋子顿时陷入寂静之中。我在阳台上站了一会儿，转身回到餐桌前，见母亲正无声地流着泪，弯曲的手指微微颤抖着。

"哭哭哭，就知道哭。"母亲的泪刺疼了我，我的心一下子软了下来，却愈加歇斯底里。母亲的泪簌簌落了下来，无声的泪仿佛刀插在我心里。

放下碗筷，母亲无声地进房了，房门紧闭。

我轻轻推开门，看到柜子上放着两大盒胃药，母亲正双手捂着肚子，无声地流着泪。胃疼让她满是皱纹的脸变得扭曲。

"那你早点回去吧，妈。"我轻声说道。母亲不吭声，脸上的泪愈加肆意流淌下来。

"我错了，妈。我不应该这样说你。"我忽然跪在母亲面前，母亲慌忙把我扶了起来。只是那些说出去的话无法再收回来，覆水难收，它们如一根根细小锋利的刺，在夜深人静之时扎在母亲的心上，鲜血直流。

我在老家的公众号"掌上永新"上叫了一辆私家运营车。一打电话联系司机，才发现是村里的熟人。司机说明早大概七点钟到。晚上，母亲提前收拾好了行李。收拾完行李，母亲不厌其烦地交代我女儿的衣服放在哪里，叮嘱我哪个超市的菜实惠而又好吃。

凌晨四点，正在睡梦中的我忽然被一阵急促的电话铃声惊醒。

"我还有半个小时到南城，你让她提前收拾一下。"司机在电话里说道。

母亲正睡得沉，我不忍叫醒她。半个小时倏忽而过，司机打来电话说他已在小区门口了，让我们赶紧出来，他还要去接别的人。

夜色微凉，我提着行李往小区门口走去，母亲步履蹒跚走在后面。小区门口一旁的包子铺门口弥散着昏黄的灯光，我迟疑了一会儿，走过去买了一笼小笼包和两瓶矿泉水。许久，母亲才走至小区门口的马路边。

我把买好的早餐递给母亲。母亲看了我一眼，叮嘱我保重身体，而后匆匆上了车。汽车启动，疾驰而去，消失在夜色中。重新回到家，我看见客厅里的两箱脐橙和一包小孩的零食还没带走，那是母亲特意准备带给两个侄女的。走入母亲睡的房间，看着床上母亲盖过的被子和一旁折叠得井井有条的衣服，禁不住鼻子一酸。我内心是渴望母亲留在这里的。在外忙碌时，一想起母亲在家，就分外踏实。现在母亲回去了，我的心也跟着空荡荡起来。在母亲面前，我始终是个孩子。可是当母亲日渐年迈得像个孩子时，我愈加感到肩上的重任，他们的暮年安危都系在我身上。

次日醒来，我习惯性地叫了声妈，才发现母亲已经回家了，厨房里没有她忙碌的身影，阳台上花盆里她栽下的葱在晨风里摇曳。母亲回去了，房子里却四处都是她的身影。

女儿醒来，下床后，挨个房间看一遍，一脸稚气地说，爸爸，奶奶不见了。

我听了心底一惊，一时语塞。

"奶奶回老家了，过几天就会过来。"我紧抱着女儿说道。

母亲凌晨五点出发，一直到晚上七点多才到家。司机绕到深圳、广州两个地方接了剩余的几个乘客才出发，晕车的母亲一路上吐了十多次，脸色惨白。连续休息了三四天，母亲才缓过劲来，仿佛大病一场。

母亲的暮年生活因为我而变得兵荒马乱。

次日深夜，妻子问我母亲明年还会不会再来这里带娃。我陷入沉默中，不知如何回答，只好胡乱应着。

年味越来越浓。我载着妻儿回到了故乡。寂静了一年的故乡复又变得热闹起来，墟上人流密集，小贩的叫卖声、小孩的嬉戏声交织在一起，汇聚成一曲年味十足的新年乐章，深夜此起彼伏的鞭炮声炸醒了沉睡的村庄。

我越来越怕过年。站立在窗前，静静地看着窗外擦亮夜空而后转瞬即逝的烟花，我有些焦灼不安。这是除夕之夜，过了今晚，新的一年即将开启。再过七八天，又到了返程上班之际。一个棘手的问题又摆在眼前，到底谁来带娃。

正月初七，考虑到路上车流量大，带着小孩返程不安全，我让妻子先乘朋友的车回去，我过一段时间再回。临行前，妻子反复问我过完年是爸还是妈过来帮忙带孩子。我嗯嗯地应着，不敢多言。

几天后，昏黄的灯光下，母亲嗫嚅着跟我说："林林，今年我就不去了，让你嫂子和哥哥一起出去打工，我和你爸在家照顾雨婷和雨橙。"

小侄女也已三岁了。这三年，为了照顾两个孩子，嫂子一直在家附近的加油站上班，工资微薄。一家四口的开销都落在了哥哥身上。

"你哥哥身体不好，一个人养活一家四口不容易，让你嫂子和他一起出去好好挣一年钱。"母亲说道。

我说好，我只能说好。

我脑海里忽然浮现出年幼时的一幕，晨曦中，哥哥拉着母亲的左手说要去墟上买吃的，我则硬拉着母亲的右手说要去外公家摘香瓜。母亲被我们哥俩拉扯着，一时分身乏术。多年过去，左右两股无形的力量没有消失，反而加重，使劲把母亲往两边拉，几乎要撕裂了。我想起古代的酷刑，一个人的头和四肢被捆绑在五匹马身上，随着鞭子抽在马身上，响亮的声音回荡在空中，马迈开步子疾驰起来。眼前是血淋淋的恐怖场面。一场无形的酷刑在母亲身上上演，而我就是无情的施暴者。我为自己的无能而感到悲哀。

一连几天，我话不多。敏感的母亲察觉到了我的反常。

"林林，妈下半年去给你带孩子，可以吗？"母亲捂着头，恳求着说道，像一个做错事的孩子。

"下半年婷婷上初中，你嫂子七八月会回来去县城照顾她上学。"母亲说道。

正月十二早上八点半，我把哥哥和嫂子送到了吉安南高铁站。从高铁站驱车回来，小侄女正哭喊着要爸爸妈妈。相同的场景，每年不断重复上演，这是留守儿童的宿命。

"爸爸妈妈出去赚票票了，赚了票票给雨橙买好吃的啊。"我不停地转移注意力，拿巧克力给她吃，哭声才止。

一周后，我欲回莞，却无人帮忙开车，我把求救的目光投向了好友卫。卫爽快地答应了。卫在东莞教小学，他父亲在南昌帮他大哥带孩子，母亲则在家帮忙给弟弟带孩子。

清晨，骤雨初歇，空气中还弥漫着一股寒意，我们踏上了归程。母亲在车后备厢塞满了家里的腊肉和其他吃食。母亲一瘸一拐地跟在车后面，不停地朝我挥手。三岁的女儿在我怀里不停地叫着奶奶快来，声嘶力竭。

我让卫加快速度，很快母亲的身影就消失在初春的风里。卫帮忙开车，我在后排抱着女儿。等女儿熟睡后，我们交替开车。

抵达小区已是晚上八点。

"妈呢，她怎么没来？"妻子一脸惊讶地看着我，脸色瞬间暗淡下来。母亲在，有个人在生活上帮衬，我们不会那么疲惫。我理解妻子的心情，她的闺蜜都有公公婆婆来帮忙带孩子。她从他者的状况里，看到了自身的窘迫。我深知父母没有给我们带孩子的义务。更何况，年迈的母亲疾病缠身，脆弱的身体已经不起折腾和孤身在异乡的煎熬。

见我陷入长久的沉默中，妻子忽然拍了拍我的肩膀，从后背紧抱着我，笑着说道："没事的，我们俩携手前行。"

夜色深沉，看着女儿熟睡的面容，我的内心又变得柔软起来，无穷的力量一点点在我身上积聚起来。

摇晃的钟摆

1

"伏娇，我这房子有空你帮我多留意一下。"2014年初春的一个清晨，刚起床的母亲正在院落扫地，华婶送过来一些白菜和大蒜，向我母亲辞别。华婶家的房子离我家只有几米路，是一栋三层楼的小洋房。

"伏娇，麻烦你了哈。"华婶一步一回头地说道。

"放心去吧，我会留意看着的。"母亲说道。

华叔和华婶均已年过六旬，他们挑着鸡蛋、蔬菜、腊肉和一些菜籽油匆匆往镇上的汽车站走去。他们只有一个孩子，生了孙子之后，需要他们帮忙去带。如深扎在故乡土地上的两颗钉子，此刻一股无形的力量把锈迹斑斑的他们从泥土深处拔了出来。村里的老人一个个背井离乡，远赴他乡帮儿女带孩子，成为老漂一族。华婶与母亲同龄，看着华叔和华婶渐行渐远的身影，母亲心底有些失落。

华婶和华叔这一走，附近的邻居就只剩五额娘一家了。住在西边的堂爷爷和堂奶奶去了深圳给小女儿带娃，他家对面的宏德夫妇去了福建厦门给唯一的儿子带娃。

临行前的几天，华叔和华婶把屋子里的桌椅和做豆腐的器具一遍遍擦拭干净，把满园子的蔬菜全部卖掉，把五六只老母鸡和那条老黄狗托付给我母亲喂养。终于，在这个晨曦洒落大地的清晨，在依依不舍中，他们踏上了远行的大巴。

几日后的深夜，大雨即将来袭，风肆无忌惮地四处游荡着。风把大门和窗户吹得哗啦响。

"伏娇婶，帮我看看窗户有没有关紧，辛苦你了。"华婶在电话里说道。

母亲匆匆出门，走至隔壁，检查窗户是否关好。屋外夜色苍茫，重新回到家里，站在窗前，望着窗外一栋栋淹没在黑暗中的房子，只有零星的几户人家亮着灯。

回到家里，看着熟睡的侄女，母亲轻轻躺下，屋外的雨迅疾下了起来，落在地上，发出噼里啪啦的响声。

2

一天的颠簸，风尘仆仆地抵达深圳时已是深夜，看着眼前灯火辉煌的城市，华叔和华婶有些无所适从。他们面露菜色，携带着的东西弥漫着泥土的气息，站在眼前这个金碧辉煌的小区面前，他们像两个巨大的补丁。华叔和华婶扭捏着身子，有点不知所措。面对着保安的询问，他们吞吞吐吐，幸亏儿子文文的及时出现才化解了他们的尴尬。

我与文文是初中同学，我们一同考取了省城的大学。大学毕业后，文文去了深圳，我来到了东莞。文文是有远见的，2010 年，房价低迷之际，文文坚持要买房，华叔和华婶毫不犹豫把大半辈子的积蓄拿了出来，给文文凑齐了首付。这是他们日复一日省吃俭用一分一毛积攒下来的。彼时的我正在窄小的出租屋里挣扎着。

孙女阳阳刚好半岁。华婶的儿媳晓慧本欲把孩子带到三岁再去上班，但带娃的生活让她筋疲力尽，加上沉重的经济压力，她患上了抑郁症。她每天以孩子为中心点不停地画圆圈，直至气喘吁吁、两眼冒金星。她感觉孩子不是天使，而是上天派来的殖民者。在爱与不爱之间，女儿和她更像是占领和被占领的殖民关系。晓慧困在其中，在这个漩涡里不断挣扎着。最终，她发出求救的信号。

母亲的身份再次嫁接到华婶身上，只是与几十年前的那次不一样，彼时的她正是做母亲的年龄。如今年过六旬的她，母亲的身份随着时光的流逝慢慢褪色，照顾婴儿的工作她已经有些生疏，常常感觉力不从心。

在寂寥的村庄，华婶过着离群索居的生活。在喧嚣的城市，她依旧过着孤独的生活。她每天清晨六点起床买菜、做早餐，直至晚上十一点才停歇下来。她一整天的时间都耗在带孩子、做饭、做家务上。幸好华叔的存在让她多了些许温暖。

每隔几天，华婶就会打电话给我母亲。她向我母亲讲述外面的见闻，也从母亲这里了解村子里的动向。村子里那些原本鸡毛蒜皮的事情如今她都听得津津有味，仿佛有一股巨大的吸引力牵引着她。隔一段时间，母亲会找人帮忙拍几个小视频发给华婶。

重新上班后，儿媳晓慧恢复了职业女性的面容。她在一家贸易公司上班，工作比较忙。晓慧从母亲的角色里抽离出来，把女儿完全推给了华婶带。文文在广州一家公司跑业务，工作异常忙碌，时常有应酬，回到家浑身是酒气，通常都是晚上十一二点。看着儿子不断隆起的小肚子，华婶劝他平日里少吃大鱼大肉。

三室一厅的房子，华叔住一间，华婶带着孙女住一间，文文和媳妇住一间。华叔住了不到一个星期便觉形同坐牢，他只觉得浑身僵硬、发痒。华叔嚷着要回老家，十八楼的房间如高山上的庙宇，度日如年。小区里的老人每天三五成群聚在一起，靠打纸牌或打麻将来打发时间，华叔不喜欢打牌，如此一来，时间变得难熬起来。

一个月后，在他的一再坚持下，文文载着他回到了老家。临行前，文文买了好多水果找到我母亲，托她帮忙多照顾一下华叔。

"放心吧。"母亲笑着说道。

华叔忙碌了一辈子，他闲不下来，一停歇下来就觉得浑身痒得不行。只有忙碌起来，他才觉得舒坦，才是最好的止痒贴。回到家后，华叔种了一亩稻谷，荒芜的菜园里种满了茄子、丝瓜、南瓜、扁豆、玉米等等，他还养了两头猪，十几只鸡。每日清晨醒来，他的手往鸡窝里一伸，就能摸到好几个鸡蛋。他把鸡蛋存起来，到一定量时就托回乡的人送到文文那里。

虽孤身在家，屋里屋外却弥漫着浓郁的生活气息。薄暮时分，晚风轻拂，华叔坐在田埂上，看着稀薄的夜色一点点落下来，心很安静。

3

　　华叔回家后，就剩华婶一人在深圳带娃。白天，儿子儿媳都去上班了，她把阳阳放入婴儿车里，推着她在小区里溜达。临近中午，她才推着婴儿车回去。中午，她随便炒个蔬菜吃。到了傍晚时分，她把孙女放在厨房门口不远处，而后在厨房里忙碌起来。她一边洗菜择菜，一边隔十几秒钟看一眼孙女。只有孙女在自己的视线里，她才安心。炒好菜，喘息片刻，儿子儿媳就陆续回来了。

　　随着阳阳慢慢长大，老少两代育儿观念的冲突也日益暴露出来。晓慧坚持要让孩子早日学会自己吃饭，她特意在网上买来了餐具、围兜以及婴儿餐椅。晓慧每天在小红书上翻看宝妈的育儿经验，理论水平很高，但实践水平却很弱，她没耐心也没足够的精力去训练孩子自己吃饭。晓慧希望婆婆能按照自己的育儿观念去带娃。

　　那天中午，阳阳好奇地拿着勺子吃了几口饭就把勺子扔在一边，然后双手抓着饭玩，米饭弄了一地。华婶想喂她，阳阳吃了几口却又紧闭着嘴。反复折腾近一个小时，饭还未吃一半，华婶筋疲力尽，又累又气，轻轻打了一下阳阳的屁股，扔掉她手中的玩具。阳阳哇的一声哭起来，泪水涟涟。

这一幕恰好被回来取文件的晓慧看见了。

"妈，说了多少次了，不要喂她，要培养她自己吃。"晓慧气呼呼地说道。

"你就会说，有本事你来培养她自己吃试试。"华婶气不过，怼了一句。空气顿时凝固了，气氛一下子变得紧张起来。

晓慧迅疾进房，砰的一声把门关了。客厅只剩下华婶和阳阳。华婶平复好情绪，重新找来两个玩具递给阳阳，孩子的哭声终于止住。她一边逗她，一边一勺勺喂她，直至午后一点半，一碗饭才吃完。洗刷干净碗筷，华婶坐在沙发上，静静地看着窗外的一草一木，陷入虚空中。

华婶既要带娃又要做家务，晓慧把家里的事情都推给了她，她仿佛成了免费的保姆。

一周后矛盾再次加剧。盛夏时节，见三岁的阳阳头发过长，头上总是水淋淋的，华婶便拿着剪刀给阳阳剪了个平头。傍晚，下班归来的晓慧推开门就看到阳阳的发型了，气呼呼地说道："真是闲得没事干，谁叫你给她理发的，真是丑死了！"华婶说太热了呀，没想到晓慧接着说："我的孩子我说了算，我能不知道她的冷热吗？"晓慧其实是想让阳阳头发再留长些，扎好看的小辫子。可是不知道怎么的，话到嘴边就变成了宣示主权。

儿媳的话直噎得华婶血压飙升。此后，她不敢私自给阳阳剪头发，也不敢再给阳阳买衣服。她怕买的衣服不入晓慧的眼，被抱怨不说，也不给穿，岂不是白白费了钱。

2020 年，阳阳上了小学一年级，在华婶的再三要求下，文文终于同意她回老家。怕孙女伤心，趁阳阳上学的空当，华婶收拾行李坐上了回老家的大巴。老家在华婶眼底变得陌生而又熟悉。回到老家，她把奶奶和母亲的双重身份搁置下来，重新以妻子的身份忙里忙外。华婶感到愧疚，她与丈夫异地分居七年，作为一个妻子的责任是缺失的。

华婶正以为生命里剩余的时光可以在家里安享时，晓慧怀上了二胎的消息在一个黄昏传到了她耳里。接到文文电话的那一刻，华婶正在菜园里浇水，晚霞染红了半边天。华婶心底悲喜交集。文文是她唯一的孩子，这几十年她小心翼翼地呵护着，生怕他有个闪失。她一直期望儿子和儿媳能多生一个，但是想到要再次离开老家去带孩子，还是很有压力。

半年后，晓慧顺产生了一个男孩。消息传来，华婶和华叔欣喜不已。在儿子和儿媳的恳求下，华婶决定再次去深圳，华叔却犹豫不决。他一瘸一拐地行走在午后的风里，沿着寂静的村庄绕了一圈，又一步一摇地回到了院落里。一阵风袭来，桂花香溢满整个院落。华婶在屋子里收拾远行的东西，华叔枯坐在院落的板凳上。在儿子和老伴的不断劝说下，华叔不离老家的决心慢慢动摇。犹豫再三，他终于同意去儿子那里生活。

华叔终于踏上了前往深圳的旅程。临行前，华叔用板车拉了三包稻谷去村里的舂米房碾米。

"家里的米好吃，放到后备厢去。"华叔对文文说道。

后备厢里塞满了米和菜。

汽车在高速路上疾驰，华叔一路沉默不语，华婶心底却很踏实，这些年来心底悬着的那块石头终于落了下来。

抵达小区已是深夜。晓慧早已收拾好了房间。华叔在客厅里孤坐了一会儿，顿觉疲惫。华婶打好一脸盆水准备让华叔洗洗，晓慧忽然走了出来，对她说道："妈，这个脸盆是我用的，你拿那个新的，那是我刚买的。"华婶看了儿媳一眼，见她面色难看，连声说好，复又把水倒在新的脸盆里，端到华叔面前。

"老头子，坐了一天车，累了，洗洗脸早点休息吧。"华婶说道。

洗完脸，华叔颤颤巍巍进了屋，躺了下来。华婶给他盖好被子，顺手关了灯。华婶躺下不久，困意来袭，很快入睡。文文轻轻推开门，如银月光的映射下，他看见父亲那张颧骨突出的脸。看着疲惫的父母亲酣然入睡的样子，文文心底涌起一股暖流。他轻轻关上门，在客厅里坐了一会儿，又起身走到阳台上。夜色苍茫，他倚靠在栏杆上，点燃一根烟，猛吸了一口。

清晨六点，借着微弱的灯光，华婶小心翼翼地穿衣起床。她娴熟地淘米，放入电饭煲里熬粥。洗漱好，她乘坐电梯下楼。小区里静悄悄的，偶尔看见一两个晨练的老人。南门外热热闹闹，附近的菜农都把自己种的各式蔬菜挑到这里卖，也有卖家禽的，都是自家养的。华婶很少去门口的超市买菜，她每天都是在这些农民手里买菜，价格实惠，质量也信得过。

买了点蔬菜和瘦肉，又买了几根油条、馒头外加一包榨菜。老伴早餐喜欢就着馒头和榨菜喝粥。这些都是为他买的。

买菜回来，时间已近七点。华婶开始煮面条，汤料是瘦肉汤。面条煮好时，儿子和儿媳也起来了。

到深圳次日，带娃的任务就交给了华婶。华婶带着刚满月的孙子住一间房，华叔睡眠不好，单独住一间。杂物间重新收拾清理一番后，恰好可以容纳一张床和一张桌子，阳阳就住在里面。

华叔的到来让华婶感到踏实而温暖，缠绕在身边的孤寂瞬间就隐遁而去。华叔偶尔会跟华婶下楼在小区转转，大多数时间都待在客厅或者房间里。他遵医嘱，每天吃许多药丸，硝酸甘油、速效救心丸、阿司匹林、美托洛尔这些治疗心脏病的药他随身携带。

长期服药让他脾胃功能变差，他身上散发出一股酸腐味。由于胃肠道不能及时地将浊物排出，这些浊物腐败后的味道，就会从口鼻或者皮肤毛孔散发出来。

腿病犯时，他需要靠贴膏药来缓解疼痛，浓浓的膏药味弥散在客厅和房间里。晓慧下班一进屋就捂着鼻子，手不时挥舞着，面色难看。"谁贴的膏药，味道这么浓，孩子还这么小呢。"她明知故问地说。

坐在客厅的华叔听了，心底一咯噔，起身进了房间，一直到很晚才出来。

华叔没想到看似平淡的生活却危机四伏。那日恰好是周末，平日寂静的房间顿时变得热闹起来。儿子和儿媳带着两个孩子在客厅玩耍。华叔紧闭房门，躺在床上听收音机里的评书。华婶独自在厨房里忙碌着，额头上沾满细密的汗珠。华婶炒好了一桌菜。华婶推开房门叫吃饭，华叔依旧躺在床上。几番催促下，华叔才从房间里走出来，缓步走到饭桌旁，刚端起碗，一旁正吃饭的晓慧见了，看了华叔一眼，迅速夹了几筷子菜，端起碗，走到阳台上吃起来。因为一股浓郁的酸腐味飘到晓慧鼻孔里了。

这突如其来的一幕让文文有点不知所措。华叔见状，一下子面红耳赤，浑身微微抖动着。他忽然剧烈地咳嗽起来，一声紧接一声。猛然间，一口浓痰吐在一旁的垃圾篓子里。晓慧迅疾放下手中的碗，疾步走到桌子前，把坐在桌边两岁多的儿子抱了出来。

　　"吐痰要去厕所吐啊，脏死了的，一口痰里有一千万种细菌你知道吗？孩子还这么小。"晓慧抱着孩子嘀咕，一脸的嫌弃。

　　华叔愤怒地把筷子摔在桌上，站起身，上气不接下气地进了屋。孙子见状吓得哇哇大哭起来。

　　看着父亲遭受妻子如此羞辱，文文猛地起身，疾步走到妻子面前，扇了她一巴掌。只听啪的一声，五个手指印已经落在晓慧脸上。

　　两个人顿时厮打在一起。华婶见状迅速上前拉开儿子。

　　"你个王八蛋，竟然打我，离婚！"晓慧怒喊道。

　　"离就离，谁怕谁，你在威胁我吗？有你这样做儿媳的？"文文面红耳赤说道。晓慧抱着孩子砰的一声把门关上。

　　屋子顿时寂静下来，空气里弥漫着浓郁的火药味。文文在客厅里孤坐着，华婶见状，让他去哄哄晓慧。"再有理也不能动手打她啊，你这孩子，唉。"华婶边说边叹息道。

华婶轻轻推开房门，见华叔躺在床上。她凑上前，细细打量，却见华叔脸上满是泪痕。华婶怔怔地站在原地，竟不知该如何安慰老伴。站了几秒钟，华婶递给他一张纸巾，小心翼翼地退了出来。

文文出了门，坐在一楼花坛僻静的一隅，低着头，一根接一根地不停抽烟，偶尔抬起头看一眼深邃的天空。

一直到很晚，文文才上楼。屋子里静悄悄的。他缓步走到房门口，一推门，门却反锁了。他使劲推了推门，敲了几次，里面却毫无回应。文文躺在沙发上辗转难眠。夜半，他隐约听见屋内传来哭泣的声音。起身站在房门口，侧耳倾听，哭声来自妻子。这哭声一时让他心底五味杂陈。一直到很晚，他才迷迷糊糊睡去。

次日清晨，他还在睡梦中，忽然感觉有人在推他。他睁开眼一看，是晓慧。

"走，去离婚，谁不去谁就是孙子，王八蛋！"晓慧气势汹汹说道。一晚的时间，她心中的怒火没有被浇灭，反而变得愈加炽热了。

"你什么意思？"文文一骨碌从沙发上爬了起来。他在心底酝酿了一个晚上的道歉的话消失得无影无踪。想着她对父亲的态度，一股无形的怒火又在他心底燃烧起来。

车行至中途，文文的手机忽然响起来。他摁断，那边又打了过来。

"孩子突然发高烧了，39度，你们快回来。"电话那边，华婶焦急地说道。

文文放慢了车速。"掉头！"晓慧面无表情地说道。文文看了她一眼，掉头往家的方向驶去。

他们焦急地赶回家，却见儿子正在客厅玩得津津有味，一摸额头，也冰冰凉凉的。

"我不这样说，你们怎么会回来？你们还真去离婚？"站在一旁的华婶说道。

经此一事，华叔三番五次欲回老家，在华婶的不断劝说下才作罢。他去小区外面的超市里买来碗筷、脸盆和一个塑料水桶。他很少在客厅和儿子儿媳同一张餐桌吃饭。无奈之下，华婶只好把饭菜端入他的房间里。华叔和晓慧在路上撞见也仿若路人。

年底，年味渐浓，文文开着商务车载着一家人回到老家过年。回来的次日，文文买了很多水果和营养品来看我母亲以示感谢。文文憔悴了许多，头上的几根白发分外刺眼。

年后，返程将近，任华婶如何劝说，华叔都无动于衷，他这回铁了心要留在家里，哪儿也不去了。华婶把希望寄托在我母亲身上，她来到我家，恳求我母亲去劝解一番。

"伏娇嫂，我不会再去了，你也不要再劝我了。"母亲来到华叔面前，还没开口，就被华叔拒绝了。

深夜，看着华叔拄着拐杖进屋的背影，文文不由得感到一阵心酸。他没想到原本和和睦睦的一家人会闹成这番模样。他夹在中间，左右为难。

返程那天，华叔一直待在房间里，未曾走出屋子半步。车子启动前，文文特意走进屋内向他告别："爸，我们回深圳了。你在家好好照顾自己。"

"我知道，你们快走吧。"华叔低着头说道。

"爷爷，你怎么不跟我们一起走？"阳阳忽然跑进来问道。

"爷爷还有点事情，你们先回去，爷爷过几天就过来。"华叔看着满脸稚气的孙女，笑着说道。

车缓缓驶出，转了一个弯，驶上了一条大路。文文驱车驶出好远，透过后视镜，隐约看见了父亲瘦削的身影。

回到深圳已是薄暮时分，进屋后，华婶站在华叔住了大半年的房间，看着房间里的一桌一椅，看着摆放在桌子上的那套碗筷，不由得眼底一热，悲从中来。老伴儿在老家，但他的气息却弥漫在房间的每个角落里。

次日起来，华婶看见晓慧把华叔睡过的床单和被褥都扯了下来，扔进了垃圾桶里，换上了新的床单和床褥。华婶没吭声。这一幕如一把无形的刀插在她的胸口。

4

孤守在家的华叔成了华婶最大的牵挂。华婶每天都要打电话嘘寒问暖一番。华婶掏钱去小区外面的二手手机店买了一个六百多的智能手机。慢慢地，她学会了打微信视频。每天一有空闲，华婶就打微信视频给华叔，提醒他按时吃饭吃药。华婶的心情随华叔的精神状态而阴晴不定。华叔在视频里有说有笑，华婶仿佛就吃了颗定心丸。华叔病恹恹有气无力地出现在视频里，华婶的心就悬了起来，一整天做事没精神。

午后，华叔常常独自坐在院落的小板凳上晒太阳，午后的风吹动着他鬓边的白发。布满青苔的老屋、老人、一条黄毛老狗绘制而成的乡村图景看似充满诗意，但是通过监控，蔓延到千里之外的华婶心底，却氤氲出一股浓浓的伤感气息。

看着华叔每天饱一顿饥一顿地过日子，华婶欲回家的想法变得迫切起来。她感觉有两条无形的绳子捆住她的手脚，一条往故乡的方向使劲拉扯着，一条往异乡的方向拉扯着。

"要不我带孩子回老家待一段时间吧。"在心底酝酿了好几日，见晓慧这几日有说有笑，华婶终于鼓起勇气说道。

"带回去干吗？妈，我不想让他那么小就做留守儿童。"晓慧说完就不再吭声。沉默意味着拒绝。华婶看着她的背影，沉沉叹息了一声。

文文每天早上七点多驱车去广州上班，晚上近八点才到家。文文疲惫地回到家，见母亲闷闷不乐，便关心地询问。华婶欲言又止。文文再三询问，华婶才说出了自己的想法。文文左右为难，陷入了沉默中。

"还有一个多月就放暑假了，等放暑假，我们一起回老家。"文文说道。父亲孤守在家，文文也时刻忐忑不安，他早已想好暑假一到就请假回家陪父亲一段时间。文文想起多年前自己还孤身一人时，深夜想家了就立马收拾行李踏上归程。如今回一趟家却变得如此艰难。看着母亲神情失落的模样，文文不由得心底涌起一股心酸。

家在哪里？深夜，他掏出身份证，细细打量，居住地址已更改为深圳。他早已把户口迁过来。在这个称之为家的小区居住多年，他熟悉这里的一草一木，却没有丝毫的归属感。

盛夏的一天，从稻田里忙完农活回来，刚放下手中的锄头在门口的椅子上休息，华叔忽然感到心慌、胸闷，仿佛压着一块巨石，呼吸变得急促起来，胸口一阵阵疼痛来袭。

"伏娇，我快不行了。"他趴在窗口，用尽浑身的力气大喊着。母亲听到呼喊声，蹒跚着脚步走到华叔家门口。只见他瘫倒在地，脸色惨白。

隔壁的五额娘见状也着急地赶了过来。母亲和五额娘大声呼喊着希望有人帮忙，却无人回应。

五额娘迅速拉来板车，二人小心翼翼地把华叔抬起来，放到车上。母亲腿脚不便，步履蹒跚。五额娘在前面拉板车，母亲拿着手电筒带着侄女在后面推。夜色深沉，远处只见零星的几盏灯火闪烁着，十几分钟后，华叔终于被安全送到镇医院。一番检查，他被确诊为心肌梗死。医生给他开了一些药，叮嘱他不要干重活，好好保养身体。出院后，有症状时，华叔就吃几片硝酸甘油。他没把隐藏在体内的疾病当回事，疾病暂时隐遁而去，跟他玩起了捉迷藏。

远在千里之外的华婶时刻担心着华叔的身体。每天晚上睡觉前，华婶都要跟华叔视频一番，确认他身体没大碍后，才放下心来。临挂电话前，她总要一而再再而三地叮嘱他记得按时吃药。大半辈子未曾分开过，没想到人到暮年，反而与华叔相隔千里。

后来，疾病变得愈加狰狞。深夜，心口传来的阵阵绞痛几乎令华叔窒息。他挣扎着站起身子，扶着墙挪动着身子，慢慢挪到床头柜边，颤抖着倒出几粒药丸服下去，却收效甚微，疼痛愈加剧烈。几分钟后，接到求救电话的母亲疾步赶到华叔家。华叔面目扭曲地倚着床沿，额头上冒出细密的汗珠。母亲习惯性地喊了声五额娘，话一出口，才想起五额娘已去世半年，曾经亮着灯盏的老屋此刻已陷入无边的黑暗中。

无奈之下，母亲打给了小海。小海前年买了一辆七座的三菱车，专门拉客往深圳跑。

电话响了许久，才传来小海沙哑的声音。庆幸的是小海刚从深圳跑车回来。母亲和小海把华叔搀扶到车上，小海载着他疾驰在夜里，往几十里外的县人民医院奔去。幸亏母亲和小海的及时相助，华叔才捡回一条命。

深夜，摆钟发出的响声响彻寂静的屋子。当当当，摆钟连续敲了三下，每一下都重重地敲击在他的心上。此刻正是凌晨三点，文文守在他父亲身边。钟声一波波袭来，冲击着他的耳膜。有那么一瞬间，他感觉父母亲就如这摇晃的钟摆般，这些年频繁在故乡和异乡之间来回摇摆颠簸着，直至摆钟锈迹斑斑，发条生锈，才会停止摇摆。父亲这口钟发出的声音却长久地回荡在他耳里。

5

深夜，想起父亲这段时间的遭遇，文文的心感到锥心的痛。这些年来，他作为儿子的身份一直形同虚设。他很少主动打电话给父亲，很少回家探望他，很少跟他一起吃饭，更没时间跟他一起坐在寂静的院落里纳凉。父亲在孤独的深渊里越陷越深，自己却在喧嚣的都市里灯红酒绿。他摁灭烟，狠狠地扇了自己一巴掌，响亮的声音回荡在夜空里。

华婶忙碌之余，时常孤坐在阳台上望着天边的残阳默默发呆，陷入自己无边的思绪里。一次，华婶走神，孙子的手指放入插座中，引发电闸自动跳闸。孙子哭泣的声音把华婶迅速拉回到现实中，她惊恐地抱着孙子，一脸愧疚。

文文察觉出了母亲的异常，几次深夜推开门，看见母亲在房间默默流泪。

几天后的傍晚，晓慧下班归来，一进屋，一股浓郁的煤气味扑鼻而来。晓慧迅速跑入厨房，关掉煤气，打开窗户，一场危机才散去。

"我再晚点回来就要出人命了。妈这段时间神思恍惚，这可怎么办？要不你带她回去休息一段时间吧？"晓慧说道。

几经考虑，几日后，文文驱车载着华婶行驶在通往老家的路上。晓慧把她年过七旬的老母亲接了过来，带娃的任务交到了岳母身上。

华婶终于回到了老家，如一尾搁浅的鱼回到熟悉的河流里。她从井里打来一桶清凉的水，打扫院落，把每个房间的桌椅和家具擦拭得一尘不染，饭桌在时光的浸润下有一层油亮的光泽。薄暮时分，华婶炒了文文爱吃的辣椒炒黄豆、西红柿炒蛋，煲了猪肚汤。许多年前，一家人吃饭时其乐融融的场景浮现在华婶脑海里。

文文在家里待了半个月，在华婶的不断催促下，他忧心忡忡地踏上了归途。

"婶婶，我不在时，你帮我照顾下我老爸老妈。"文文临行前对我母亲说道。母亲默默点头。

回到深圳的那一晚，透过监控，看着父母亲坐在院落里摇着蒲扇唠嗑，一股久违的暖流在文文心底流淌开来。

天晴时，华婶常和我母亲静坐在门前的长凳上晒太阳。华叔则在一旁劈柴。

几日后的清晨，华婶推开门，挑着刚做好的冒着阵阵热气的豆腐走入浓浓的晨雾中，华叔紧跟其后。

"卖豆腐呢。"华婶娴熟地叫唤着，声音回荡在上空，时光仿佛又回到许多年前。

大地上的竹子

1

屋外阳光热烈，正在午睡的我被一阵急促的电话铃声惊醒过来。摁下接听键，那边传来熟悉的声音，是三姨。我立刻坐起身，睡意顿时全消。

"林林，你在哪里，我在厚街，你离我这里远不远？"电话里的三姨兴奋地说道。

"很近呢，三姨。开车过去大概半个小时。"半小时后，我抵达厚街竹溪的一个城中村。拐过两个路口，穿过几栋民房，看见三姨和表弟站在不远处正朝我招手。两年未见，三姨消瘦了许多。她依旧是那么热情，去菜市场买了鸭子、虾、排骨、白菜等，准备做一大桌子菜。

三姨是来东莞给表弟带孩子的。三姨和表弟一家租住在一个一室一厅的房子里。三姨带着孩子住在卧室，表弟和弟媳住在客厅的一张铁架床上。

我被房间一隅的几个刚编织好的竹篮吸引。在城市多年，这种竹制品只能在一些非遗景点看到。三姨见了，笑着说道，没事无聊做着玩的。三姨笑时，酒窝出现在嘴角边，她脸上的笑就显得更好看。恍惚中，三姨年轻时的模样又浮现在我脑海里，那么遥远却又那么清晰。

二十世纪八十年代末，三姨从紧挨火车站的东里村嫁到龙源村。六岁的我跟在大人后面走了一个上午，才把三姨送到了三十里外的山旯旮里。这是一个被群山包围的偏僻山庄，一条坑坑洼洼的路通进村子。送亲的队伍吃完酒席，歇息片刻，开始返程。我跟着母亲沿着山路慢慢往回走，走出好远，回头张望，依旧看见三姨站在山头朝我们挥手告别。"妈，三姨还站在那里呢。"我一边说，一边跳起来朝三姨使劲挥手。母亲回头久久张望了一会儿，眼泪就下来了。母亲跟三姨姐妹情深，未出嫁时，她们一起拔猪草、做农活，形影不离。

三姨是干农活的好手。在那个山旯旮里，她每年种七八亩粮食、两亩西瓜，养了一百多只鸭子、五头猪、两头大黄牛，紧挨着房子的后山上散养着三十多只鸡。

夏天，屋后的山峦还笼罩在一片晨雾中时，三姨起来，推开大门，扯开嗓子朝寂静的山谷吆喝一声，沉睡中的山谷似乎都被她喊醒了，几分钟后，隐约听见树梢传来清脆的鸟鸣声。就着昨晚的剩菜吃了一碗稀饭，掩上门，三姨就出发了。她拉着一板车西瓜上路，上陡坡，下泥路，从山里到小镇的集上，有二十多里。拉着西瓜到镇上，天已经完全亮了。卖完后回到家已是午后。

四个姨中，我和哥哥最喜欢去三姨家。沿着长长的柏油马路一直走，左拐，越过山坳，是一片寂静的竹林，一阵风袭来，竹叶哗哗作响。一小片一小片竹的新绿汇集在一起，变成绿的海洋。竹林里弥漫着一股清幽的凉意，穿过竹林，我的脚步不由自主地慢了下来。前面那片密集的坟墓让我胆战心惊。哥哥大喊一声跑，我迈开步子迅疾奔跑起来，风在耳边嗖嗖飞过。穿过那片密集的坟地，眼前豁然开朗，踮起脚尖，就能隐约看见三姨家的房子。

晚上，昏黄的烛光下，我们几个安静地写作业，屋外山风呼啸。山风裹着整栋房子，屋内却温暖如春，偶尔有一丝风透过窗的缝隙跑进来，在房间游弋，吹得烛火微微摇曳。三姨在一旁做着针线活，她细长的身影映照在墙上，随着摇曳的烛光晃动着。静谧的屋子里，时间仿佛停止了一般。

三姨家屋子后面是一片广阔的竹林。

记忆中那个深夜，雨水敲窗发出密集的响声，一道锯齿形的闪电划破夜空，转瞬消失在苍茫的夜里。借着闪电的亮光，我清晰地看见一根根翠绿的竹子在风雨的侵袭下左右摇摆。竹子像技艺精湛的舞者，不断扭动着柔软的腰肢，在风雨中舞蹈起来。雷声轰隆，仿佛巨型火车在空中呼啸前行。我静躺在床，倾听窗外的雨声。

夜色越来越深，雨势时缓时急。一觉醒来，天已大亮，远处的山峦青翠欲滴，窗外的柳枝上传来清脆的鸟鸣声，整个村庄被浓浓的晨雾笼罩着。

太阳缓缓升起，晨雾慢慢散去。

隔壁屋子响起一阵窸窸窣窣的声音，是三姨起来了。一夜的狂风暴雨，竹林里弥漫着血腥的味道。一些竹子在风雨中折断，一些竹子也在风雨中孕育。雨让竹子迅速挣脱泥土的束缚，破土而出，它们拼尽全力从地底下汲取力量，不断向上升着。

我们在清晨的竹林里游荡着，很快就挖满了两大竹篮鲜笋。竹筏漂浮在岸边，一阵晨风吹来，竹筏微微荡漾，激起阵阵涟漪。三姨撑着竹筏，载着我们，把新鲜的竹笋运到对岸十里路外的墟上卖。

上岸后，把竹筏拴在水边的树干上，三姨挑着两竹篮竹笋匆匆赶路。我们紧跟其后，露水打湿了我们的裤脚。

2

在故乡那条小路上走了大半生的三姨，此刻在异乡的这条路上来回走着。从出租屋通往幼儿园的路，她已来回走了两年。

一根竹子让身在异乡的三姨有了依附感。她没想到在这里会遇到竹子。竹子仿佛一座无形的桥把她的过去和现在连接起来。

那天，把孙女乐乐送到幼儿园返回出租屋的路上，三姨看到一家竹器店，细长的竹子重重叠叠堆放在店里。枯黄里泛着些许青色的竹子顿时映入眼底，勾起了她的回忆。她在这里带娃三年，每天从这条路上路过，却没看见这家竹器店。

回到出租屋收拾好家务，在窗户旁的板凳上坐下来，竹子的那抹枯黄和翠绿又浮现在三姨的脑海里。她起身，锁上门，疾步来到竹器店，买下了三根细长的竹子，又折身去附近的五金店里买了劈刀和柴刀。看着这些熟悉的工具，与竹有关的往事顿时涌现在脑海里。

拿起工具，她依旧十分娴熟。

几天下来，接送孩子做家务之余，她利用空闲的时间编织出来两个菜篮子。菜篮子结实耐用，外观也很精致。

她把两个菜篮子拿到附近的菜市场去卖。守了一个上午，终于卖掉，得来五十块钱。她紧捏着这五十块钱，一股莫名的动力在内心涌荡开来。孙女没上幼儿园前，她的时间捆绑在孩子身上，每天带着她漫无目的地在出租屋附近的公园溜达，直至脚板走得酸痛了才返身回来。现在，从早上八点到下午五点，这段时间她大都孤坐在床沿盯着那台冒着雪花点的二手电视机打发时间。时常看着看着她就睡着了，电视机依旧开着，声音回荡在窄小的房间里，透过窗户溢到窗外。

像一个溺水者，她在时间的深井里拼命挣扎着，绝望之际，一根细长的竹子从井边伸下来，伸到她的头顶。她紧紧抓住，用尽浑身的力气顺着竹竿一步步爬了上来。

一根竹子让三姨枯槁的生命重新变得充满生机起来。每天把乐乐送到幼儿园后，疾步走到菜市场买完菜，她便忙碌起来。曾经令她窒息的时光巨石在她的不断打磨下变成了闪着亮光的宝石。她沉浸在编织竹篮带来的快乐里，时光也跟着一分一秒流逝，一直到手机上提前设置的下午五点的闹钟准时响起，她才从遥远的梦境里抽离出来。这于她而言确实如梦境一般。当她手握劈好的竹片，双手熟练地编织起来，年轻时那些细碎温暖的时光就浮现在她脑海里。

编织菜篮之余，她还会把乐乐的玩具都摆在眼前，依着玩具的模样细细编织起来。编织了一天的竹器，躺在床上，年轻时的光景时常一幕幕浮现在眼前。

彼时，农忙之余，她把所有的时间都花在了编织篾器上。弥漫着山野气息的竹子，经过她的一双巧手焕发出新的生机。她闲不下来，稍有空闲，她就会砍几棵竹子编织成想象中的模样。这些在深夜编织出来的篾器每次运到墟上不久就销售一空，篾器质量信得过，三姨心善不擅讨价还价。

竹是三姨的衣食父母，每次砍竹前，她总会在案上点上三支香，默默鞠躬三次，眼底满是虔诚。环顾整个屋子，四处都能看到竹子的身影，它参与到日常生活的各个方面。竹椅、篾席、箩筐、竹篮、畚斗、扁担、筷子、笊篱、米筛、簸箕、斗笠、提篮这些生活中的物什，都能从姨妈的手指尖变化出来。

做篾器，选竹子最关键。三姨专挑颜色深，生长了七八年的竹子。新竹太嫩，容易折断，犹如刚出生的婴儿，它的筋骨还未发育完全。新竹的抗侵袭能力还比较弱，为了更好地保护自己，它的竹竿上会分泌出薄薄的蜡质粉末，摸上去毛茸茸的，像是穿上了一件薄薄的棉衣。随着时间的流逝，附着在竹竿上的蜡质变成了一层苔藓，苔藓颜色慢慢变深。三姨抚摸着每根竹子，细心地教我们怎么来判断竹子的年龄。

嫩竹的颜色青翠，而老竹子的叶呈暗绿色，甚至带有枯黄。嫩竹子，受光照时间短，竹皮翠绿，老竹子，受光照时间长，竹皮青里泛黄，甚至透红。

篾刀、竹刀、钻子、刮刀都是三姨常用的工具。制作篾器是指尖的技艺，十指连心，心静活才能细，砍、锯、切、剖、拉、劈、编、织、削、刮，一道道工序紧密相连，马虎不得。最难的是劈篾，把竹片劈成一毫米以下的薄片最考验功夫。

此刻，在异乡的出租屋里，她弓着身子，时光在指缝间流逝，在每一片薄薄的竹子上烙下痕迹。一根根竹子通过三姨的一双巧手被赋予新的生命。三姨做的篾器均匀紧凑，无毛边无竹刺，捏在手里细腻光滑，轻盈而又耐用。

竹的生命在三姨的这双巧手里再次得到了广阔的延续。

3

转眼过了三年，三姨的异乡老漂生活因了竹而多了一抹亮色。她靠编织竹器每个月能挣一千多块钱，虽不多，却乐此不疲。她把卖竹器换来的钱贴补在日常的生活开销上。想着年迈的自己不仅没有成为儿女的累赘，反而能为他们减轻一些生活负担，一股暖流不由得在心底流淌开来。

三姨没想到如今在老家无人问津的竹器，在这里却受到了欢迎。

"奶奶，河边的夜市到了晚上有很多人散步，可以把竹器拿到那里去卖。"乐乐的话让三姨心底一动。

几日后，三姨骑着三轮车载着竹器和乐乐，来到了河边的夜市上。河边有一条宽敞的绿道，附近小区和工业区的人都在这边散步。晚风吹拂，河面上微波荡漾，眼前是一派宜人的景致。很多商贩在绿道边摆摊子，卖手机贴膜的、卖鲜榨果汁的、卖小孩玩具的，五花八门。

三姨把竹器小心翼翼地摆放在绿道边，很快吸引了散步的人。精致的篾席、竹篮、斗笠在灯光的映射下散发出异样的光彩。这些弥漫着乡土气息的器具勾起了每个漂泊者的乡愁和遥远的童年记忆。

因价格实惠，质量又好，两个小时后，带来的竹器都卖光了。昏黄的灯光下，捏着手中的四百多块钱，三姨脸上满是藏不住的笑意。她抽出十块钱递给乐乐。乐乐拿着钱一蹦一跳地去买了一杯鲜榨果汁。

孤寂的日子变得丰盈起来，三姨感觉以往年轻时与竹为伴的日子又回来了。一年后，乐乐上了附近的竹山小学。

乐乐上二年级时，三姨恋恋不舍地离开了东莞，回到了坐落在山林的老家。三姨年过八旬的婆婆摔倒在地，瘫痪在床，需要她照顾。

"奶奶什么时候回来，爸爸。"乐乐抱着奶奶给她做的竹器玩偶，不停问道。

"奶奶要在家里照顾老婆婆，不回来了。"表弟小心翼翼地说道。

乐乐看了爸爸一眼，忽然不吭声了。

4

回到寂静的大山深处，这些年在城市的生活时常会浮现在三姨脑海里。

给婆婆擦拭完身子已是午后，拥挤的时光暂时变得宽敞起来。三姨推开后门，一阵清凉的风迎面吹来，竹林哗哗作响。三姨手持斧子，走进了竹林里。

抬头的刹那，三姨发现眼前的这片竹林开花了，细小的白色和米黄色汇聚在一起，变成花的海洋。这是一场无声的葬礼。竹子开花没有规律，它一生只开一次花。"竹六十年一易根，而根必生花，生花必结实，结实必枯死，实落又复生。"竹如人一般六十年开始挪根。

看着眼前茂密的竹花，三姨想到了自己。竹子开始挪根了，年过六旬的她也开始慢慢挪根了。她明显感到自己的身体大不如前，鬓边的白发多了许多。只是因为有了竹子的陪伴，她的身体里仿佛又充满了力量。

从竹林里砍了几根竹子回到屋内，三姨端坐在午后的竹椅上，怔怔地望着眼前这一片绚烂的竹子花，午后明亮的光线映衬出她那苍白的脸。挖笋、编竹筐、扎竹筏渡江的点滴如此清晰地浮现在她脑海里，恍若昨日。

夜色降临，透过窗户，她看见一棵棵竹子陷入黑夜中。

一棵棵向上生长的竹子看似与人无争，暗地里却不断攻城略地，默默拓宽着自己生命的宽度和厚度。竹子细小的根茎在日复一日的雨露和阳光的滋养下变粗变壮，它在大地深处默默织下一张纵横交错的网，把一根根耸入云端的竹子稳固在一起，不让它们轻易被暴风雨拔根而起。

一棵竹子的根茎经过十几年的生长和扩张，成长为一片广阔的竹林，风一吹，竹叶哗哗作响，仿佛在向泥土深处的根茎集体致敬和鼓掌。竹子不断向上攀升，占据着属于自己的精神高地，汲取阳光和雨露的滋润。泥土深处的根茎不断向外伸展脚丫，纵横交错，稳如磐石，给每一棵向上攀升的竹子保驾护航。

竹子约定好一起开花，而后集体面对即将降临的死亡和迎面而来的孤独。它们从同一个根茎母体上汲取营养。

时光一点点流逝，眼前微黄的竹花在晚风中摇曳。一小片一小片黄连接在一起，变成眼前这无际的黄。一棵棵竹子弯下腰，仿佛是在向大地告别。当竹芽变成花芽，竹叶无法再进行光合作用，生命的倒计时开始。这是一场生与死的接力赛，是新与旧的更替。

花粉和柱头都在静静地等待相遇的机会。它们只有九个小时的等待时间，短暂而又宝贵。一阵风和一只路过的虫子扮演着媒人的角色，当雄蕊的花粉落到雌蕊的柱头上，新的生命在这里孕育。

半个月后，一场无声的告别已经开启，毛竹的种子离开母亲的怀抱，以垂直降落的姿势扑向大地母亲的怀中。在泥土和雨水的滋润下，新的竹苗很快就会破土而出。开花结果后的竹林已经走向枯萎。

一场大雨过后，新的竹苗破土而出。寂静的竹林响起阵阵砍伐声，不时有村里人手持斧子和镰刀来砍枯竹回去当柴火烧。我提着竹篮子，跟在姨父身后，仔细地寻找着一种菌类。姨父弯腰在地上捡起一个长柄蘑菇状的菌类，外面仿佛穿着白色的套裙。"竹荪，好东西呢，市场上卖一百多一斤。"竹子枯萎后，在竹荪的啃食下重新回归大地。

高挑的竹荪如一个穿着白色长蕾丝裙的女子，有"雪裙仙子"的美誉。暮色降临时，姨父采摘了大半竹篮的竹荪。

"给妈多吃点竹荪可以益气补脑，提高身体免疫力。"姨父笑着对姨妈说道。

阵阵晚风拂来，嫩绿的竹苗左右摇曳着，生命新的轮回已经开启。再过几年，一片青翠笔直的竹林又会出现在眼前。

5

在三姨的细心照顾下，婆婆的身体慢慢好起来，可以开始下地活动了。

每天忙到深夜，回到床上躺下，静静地看着窗外的那抹深绿，三姨陷入回忆中。每一根竹子都是她的孩子，她也希望自己的每一个孩子都如竹子般倔强生长。一根竹子用尽力量不断向上攀升，像极了一个人的一生，那一个个竹节是它的枝丫不断伸向高空的见证。竹子用四年的时光默默在地下把自己的根茎变得强大，到第五年，它厚积薄发，每天长几十厘米，一个多月的时间就在半空中舒展枝丫，沐浴在温暖的阳光和温煦的风里。

秋去冬来，雪纷纷扬扬地下了起来。

雪一片片落下来，落在青翠的竹叶上。雪压弯了一片竹叶。一片片沉甸甸的竹叶又压弯了竹子的腰杆子，它弯着的腰几乎要伏到地上。两种力量在无声地博弈着，雪加快步伐继续落在竹干和竹叶上，竹子一次次挺起腰杆试图重新站起来，咔嚓断裂的声音仿佛已在体内响起。

三姨带着乐乐在落满雪的竹林里嬉戏追逐着，乐乐在竹林里肆意奔跑着，仿佛一条搁浅在岸的鱼回到大海里。

几天后，在阳光的照射下，覆盖在竹叶上的雪迅疾融化，被拴上脚链的竹得到释放，很快恢复了原有的笔直模样。一场雪，让竹至柔至刚的品格淋漓尽致地呈现出来。一根竹子断裂了，却依旧笔直地躺在地上，它断裂的伤口很快愈合，在春天来临之际，重新发出绿芽。

看着窗外的被压弯了腰杆的竹子，一丝光亮在心底一闪而过，三姨仿佛捕捉到了它们生命的秘密。

次年春天，见婆婆身体恢复得差不多了，三姨又跟着儿子踏上了前往异乡的火车。异乡在三姨眼底具象成一根根竹子和一条哗哗流淌的河流。

棋

1

  整个村庄还笼罩在稀薄的夜色中时，姑妈拉开了沉重的木门，木门发出嘎吱的响声。微弱的灯光下，姑妈挑着竹担走在铺着鹅卵石的小路上。凸起的鹅卵石，沾染着丝丝凉意，她走在上面，像是走在时光裸露的河床上。她往禾水河岸走去，夜色模糊了她的身影。

  天慢慢亮了起来，在晨雾的笼罩下，禾水河仿佛披上了一层薄薄的面纱。陈腐的木桥横架在河流两岸，姑妈走在木桥上，桥微微颤动着。河水流淌的声音传到她耳里，像是一个委屈的人在呜咽。姑妈在禾水河岸的那亩地里种满了豆角、茄子、辣椒、白菜以及苦瓜。一串串沾着雨露的长豆角井然有序地挂在细长的木架上，远远望去仿佛列队的士兵在朝她敬礼。

姑妈踩着露水摘了两筐长豆角，摘完豆角，又去旁边的地里摘了一篮子的红辣椒。蔬菜蓬勃的长势映衬出她的荒芜。自从姑父去世后，她常陷入深深的叹息中，她生命的田野开始杂草丛生。一阵晨风袭来，她感到了些许凉意。不远处是彻夜流淌的禾水河，她放下手中的担子，走到河边，手刚伸入水中，那股凉意迅速透过指尖传到了心里。

河水哗哗流淌着，姑妈蹲在岸边的草地上，怔怔地望着河面发呆。河面是一面巨大的镜子，她在镜子里看见了姑父还在世时的那些时光，想起他下棋的模样。她喜欢沉浸在这些温润的记忆里。

姑父退休后，一双无形的巨手把他抛在了时间的荒野里。然而他爱阅读，嗜棋如命，喜好种花草，时间的荒野一下子又变得生机勃勃起来。姑父棋艺颇高，村里找不到对手，经常跑到几十里外的乡镇上找高手下棋，几番对弈，能在他手里赢上一两盘的高手甚少。时间一长，姑父对棋的痴迷传播开来，方圆十里不少高手前来与他对弈。慕名而来的人各种各样，有小商贩、县城高中的老师、医生、从外面做生意回来的老板等，他们表情各异，姑父从一张张脸上捕捉这个人过往所遭遇的辛酸与欢乐。

下一盘赢一百块，彼时的一百块能换来二十斤猪肉。但姑父不是靠下棋挣钱，他有退休金。

姑父和姑妈住的那栋房子，分上下两层，是民国时期的小银行，一砖一瓦间还藏着旧时光的气息。一条木制的楼梯通往二楼，人踩在上面，灰尘四起，楼梯发出嘎吱嘎吱的响声。姑父退休后，姑妈把木楼梯清扫一遍，又把二楼的客厅和卧室打扫得干干净净，这里就成了姑父与人对弈的场所。推开二楼的门，清风徐来，凉爽宜人，到了晚上，明月高悬，夜凉如水。姑父与前来下棋的人从白天下到晚上，又从晚上下到天亮，姑妈则负责给他们做饭吃。

午后，整个村庄静悄悄的，狗蜷缩着身子躺在小巷深处的阴凉里酣睡。姑妈刚午睡醒来，笃笃的敲门声传到她耳里，走出去一看，见一个衣衫褴褛的乞丐正用手中的拐杖轻轻敲打着木门。乞丐身上一股馊味，肋骨毕现，但是却精神十足。姑妈见状，迅速从厨房里端出饭菜，是中午剩下的豌豆汤和毛豆炒肉。乞丐瞅了一眼，摆了摆手说道："我不是来要饭的，我是来下棋的。"姑妈听了一愣。"我要比下棋，下棋！"乞丐敲打着木门。"你先去河里洗个澡，一身怪味，都快把我熏晕了，别棋还没下，就把人给熏倒了。"姑妈边说边朝几百米之遥的禾水河指了指，河水荡漾，禾水河泛着金黄色的光芒。乞丐扯起衣裳闻了闻衣角，似乎感受到了那股浓浓的馊味。

姑妈看着乞丐缓缓朝禾水河走去。半小时后，乞丐光着膀子回来了。姑妈把他领上了二楼。姑父从乞丐的眉宇间捕捉到一股别样的气场，自知来者不凡。姑父把已准备好的衣服递给老人。"换身衣裳吧，阿叔。"姑父说道。乞丐犹豫了一会儿，接了过来。换衣毕，两人落座，棋已摆好。房间静悄悄的，只剩下落棋声。别人下棋都来势汹汹，刀光剑影，乞丐却棋风甚稳，以退为进，绵里藏针。从午后一直下到深夜，两人打了个平手，歇息片刻，吃完饭，两人又继续对弈，一直下到次日拂晓时分，姑父输了三盘。"老人家，愿赌服输，这次就到此为止。叶云，拿三百块钱给老人家。"姑父站起身，双眼通红，朝屋外喊道，声音里夹杂着一丝兴奋。几分钟后，老人拿着三百块钱走了。

　　"怎么下不赢乞丐，你是故意输给他的吧？"姑妈不解地问道。姑父笑而不语。与乞丐下棋，姑父是温和谦卑的。与其他人下棋，姑父却是风卷残云般丝毫不留情面，一直下到对方心服口服留下钱财和物品灰溜溜地走人。县医院一个有名的老中医退休后，每隔一段日子，总会坐一个小时的大巴车来到镇上与姑父下棋。姑妈家里总是挤满了病人，附近一些深受疾病煎熬的乡里人纷纷赶来，静静等待着老中医。老中医一番把脉和望闻问切之后，在备好的纸上写下药方，病人如获至宝般，捧着药方，一脸虔诚地离去，仿佛遇到救星。老中医只取走少部分病人留下的农产品，其余的都留给了姑妈。姑妈感念乡人生活不易，赶集时，又把这些东西还给了人家。

2

因为象棋，姑父和姑妈的乡村生活分外惬意。村里同龄的老人都羡慕姑妈早年嫁了一个好老公。姑父退休后一个月有五千多元的工资，足够他们俩晚年的开销。这是姑妈暮年生活的有力保障。

然而，诗意的生活慢慢渗出一丝猩红的血来。

2014 年 3 月的一天清晨，姑父起床后，突然一阵剧烈的咳嗽，姑父呼吸急促，哇的一声吐在地上，一摊鲜血出现在他眼前。猩红的血带着不洁的气息，让他感到恐慌，他那双执棋的手不停抚摸着胸口。屋内昏黄的灯光弥撒开来，落在猩红的血上，让他感到一阵恍惚。他从厨房里拎来一个烧成灰的煤球，想把地上的血迅速处理掉。姑妈还是发现了，她循声从楼上疾步下来，晨风透过窗户吹进来，吹乱了她的发梢。她惊恐地望着地上那摊鲜红的血，疾步走过去，问他到底怎么了。他摆了摆手说，没事。

深夜，姑父的咳嗽声没有消缓，反而变得愈加剧烈起来。咳嗽声穿过墙壁的缝隙漫溢而出，回荡在寂静的夜空。他弓腰端坐在床沿咳嗽，姑妈不停地拍打着他的背，咳嗽声加重着她内心的担忧。姑父瘦弱不堪的身躯仿佛年久失修的拉风机，伴随着一阵急促而剧烈的咳嗽声，只听哇的一声，几口鲜血又喷溅在地。昏黄灯光的映射下，血仿佛一朵朵绽放的罂粟花。端坐在床沿喘息的姑父脸色苍白如纸。

村里人深陷在疾病的深渊时，都期待着黑夜的降临，他们幻想着睡上一觉，当黎明重新开启，他们就会焕发出新的活力。夜的魔力在姑父这里失效，它变成加速剂，加速着他病情的恶化。两日后，在省人民医院，他被确诊为非小细胞肺癌晚期。

姑父确诊的消息传来，一整晚我都蹲在床沿默默抽烟。2003 年的那个夏天，我母亲身患子宫内膜癌，父亲外出打工给母亲挣医药费了，年幼的我默默守候着虚弱的母亲，寸步不离。就在我倍感无助时，姑父从门外走了进来。他走到我的身边，抚摸了下我的头，在一旁的小板凳上坐了下来。他缓缓抽着烟，温情地注视着我。"慢慢会好起来的，有姑父在，你不用怕，船到桥头自然直。"姑父语重心长地说道。姑父的话像一股暖流注入我的心里。姑父在整个大家族中，一直扮演着兄长的角色，一言一行都很有威信。但凡谁家里遇到什么困难，他都会全力帮助。

姑父的话让我倍感温暖。他隔三岔五就会来一回，有时是独自来，有时是和姑妈一起来，带着水果蔬菜和常用的药品。那个令人窒息的夏天，因了姑父而变得清朗了许多。如一个溺水者，瑟缩着爬上岸，身边突然架起了一堆火，暖意迅速在全身弥漫开来。

我匆匆踏上了回家的火车。姑父坐在病床上，脸色苍白，见我突然出现，他立刻笑了起来，眼里闪出一丝光亮。他对自己的病情还一无所知，不时询问着何时出院。我们小心翼翼地隐瞒着他。姑父拉着我的手，跟我聊家常。在病房里待了一天，临走时，姑父一再叮嘱我等新书出版了，记得给他寄一本。我频频点头。

三个月后，在异乡的公园里，我接到姑父去世的消息，内心有什么东西被抽离一般，我失魂落魄地走在人流密集的大街上。姑父临走前，用青筋暴露的手紧握着姑妈，叮嘱她一定要好好照顾自己。

姑父去世后，姑妈终日擦拭着那副象棋，不让一缕尘埃落在上面。黄昏时分，姑妈从地里劳作归来，洗净双手，在一楼的菩萨像前点燃三支香，鞠三次躬后，上了二楼。姑妈打开二楼的大门，清风徐来。她摆好象棋，想象着姑父此刻就坐在对面，跟她对弈。她模仿着姑父下棋的习惯慢慢落棋，一步一步，左右手互搏，竟也慢慢看出了些门道。

3

姑父走后，黑夜变得漫长。姑妈躺在床上，躺在无边的寂静里。老鼠肆无忌惮地从一楼窜到二楼，发出吱吱的叫声。老鼠成了她忠实的陪伴者。

次年，怕姑妈太孤寂，表哥把她接到了百里之外的市区。姑妈的孙子正上初三，孙女子涵去年刚出生。表哥在农村信用社上班，每个周末才能回家一趟。表嫂独自带着孩子有些力不从心，姑妈过去可以帮忙带孩子。

姑妈抱着子涵，握着她胖乎乎的小手，眼里满是怜爱。喂完子涵，抱着她来回在大厅里踱步，轻哼着小曲子，直至她进入梦乡时，姑妈才感到胳膊有点酸。她蹑手蹑脚地抱着孩子走进卧室，轻轻把孩子放在婴儿床上。正准备抽身时，却发现子涵的小手依旧紧握着她的手。自从姑父走后，再没人这样依赖她了，一时间眼泪蓄满了眼眶。待孙女熟睡后，姑妈独自坐在偌大的客厅里，她脑海里又浮现出姑父离去的那一幕。

姑妈来到市区后，周一到周五，小区静悄悄的，表哥去信用社上班，表嫂在一家会计事务所上班。子涵睡着后，寂静慢慢涸散开来，姑妈总是担心老屋是否落满灰尘。

那日上午，刚睡醒的子涵啼哭着。小家伙饿了，姑妈迅速冲好奶粉，塞到她嘴里。子涵贪婪地吮吸着。几分钟后，子涵忽然口吐泡泡，面色通红，双手不停抖动着。姑妈不知所措，整个人几乎要哭起来。她迅速把子涵放平在床，让她侧躺着，不停地轻轻拍打她的背部。几分钟后，子涵通红的脸恢复正常。她那颗悬着的心终于落了下来，整个人瘫软在地。她把这件事藏在心底，不敢跟任何人说。

没来到市区带孙女时，姑妈和表嫂相敬如宾，一年难得见几次。来市区后，抬头不见低头见，矛盾就慢慢多了起来。那日，子涵发烧，脸发烫，整个人有气无力地耷拉在姑妈的肩膀上。一整天只吃了几口白粥。暮色降临，子涵的烧还未退下，姑妈心急如焚。表嫂拿着体温计一测，见是38℃，从姑妈手中抱过孩子说道："没有超过38.5℃没必要吃药，只要物理降温就可以了。"

"烧坏了可怎么办，你真的是！"姑妈气得说不下去了。

"吃药！就知道吃药！一生病就吃药，孩子的免疫力都破坏了，以后才有罪受！"表嫂也毫不客气。

姑妈沉沉叹息了一声，转身进厨房打来一盆温水，端到表嫂面前。

她和表嫂不停地给孩子擦拭着额头、腋下和大腿根部，擦拭完，温度立刻降了下来，可是过了十几分钟，体温又升高到 38.4℃。

"现在可以吃药了，接近 38.5℃ 了。"姑妈焦急地说道。

"吃什么药，还没有 38.5℃，等到了再说。"表嫂一把推开她拿来的降温药。姑妈气得索性把药扔在一旁的沙发上，转身进了屋。她躺在床上生闷气，辗转反侧，躺了几分钟，脑海里满是孙女无精打采的样子，又起身拉开门坐在客厅。十几分钟后，表嫂的屋子里传来焦急的呼喊声。

"妈，怎么办，一下子升到 39.5℃ 了。"表嫂一脸恐慌地说道。

她听了，迅速抓起退烧药跑进屋内。

"你呀，我该怎么说你。真是苦了孩子。"她边说边倒出几毫升退烧药，用汤勺喂进子涵嘴里。半个小时后，体温慢慢降了下来。

屋外夜色深沉，子涵终于入睡。姑妈坐在床头，不时用手探一下孩子的额头是否还发烫。每隔半个小时，她就把体温计小心翼翼地塞到孙女的腋下。她的心情随着孙女体温的升降而上下起伏着。她睡不着，转身拉开门，去厨房打了一盆温水给孩子做物理降温。一直到凌晨三点半，见体温降到 36.8℃，她悬着的心终于落了下来。

次日醒来已是早上九点，子涵正咿咿呀呀地冲她笑。她一把把孙女搂进怀中，满身的疲惫顿时也减轻了。

子涵一天天长大，转眼到了读幼儿园的年龄。上了幼儿园后，姑妈的时间变得充裕起来。那天在房间里坐久了，她走到窗户边，看见小区外的田野里那片金黄的稻浪。田野里热火朝天的场景让她倍感亲切。她迅速下到一楼，出了大门，一摸裤兜，却发现钥匙落在了房间里。她慌了，走出小区，望着无边的田野，适才的喜悦消失得无影无踪。她来回走着，围着小区的房子绕了一圈又一圈，最后站在十栋的大门前，望着八楼的房间发呆。她急得头上直冒汗。她求助小区的保安，保安懒散地看了她一眼，给了她电话，让她直接找开锁的。她紧捏着白纸，望着白纸上的电话号码，手心竟捏出汗来。她不敢开锁，开锁不仅要几百块钱，还要换新锁，更重要的是表嫂知道了，会把她骂死。这不是她的房子。僵持到最后，姑妈忐忑着拨响了表嫂的电话。半个小时后，表嫂急匆匆地赶来，面露不悦。她像个犯错的孩子般跟在表嫂身后，默默不语。

　　"妈，以后不要瞎跑出去，好好待在屋子里休息。我再来晚点，饭锅都要烧焦了。"表嫂气呼呼地说道。姑妈不敢反驳，连声说好好好，仿佛做错事的孩子。有了这次遭遇，姑妈再也不敢私自跑下去了。表嫂走后，姑妈枯坐在房间里，她想起了禾水河边那片土地，此刻恐怕已杂草丛生。姑妈想回老家，却又不敢说出口。

有了这次遭遇，姑妈每次下楼前都把钥匙系在裤腰带上。

那日周末，表嫂带着孩子去幼儿园进行能力测试，一直到中午才回到家。一进门，表嫂就板着个脸。

"妈，你以后不要跟她讲老家话，从现在开始讲普通话。那边老师说她语言发展比同龄的孩子弱很多。"表嫂气呼呼地说道。

姑妈只读过三年小学，不会说普通话。推着小孩在小区溜达时，姑妈不敢轻易说话，怕一说话就招来他人异样的眼光。姑妈的普通话夹着一半老家话。

姑妈到了中午就犯困，一觉醒来已是三四点。到了晚上，她睡不着，睡意迟迟不来，随着夜色渐深，她头脑反而愈加清醒。她在床上辗转反侧，只好起身，在客厅看电视。她把灯光调到最暗，把电视音量调到最低，换到自己喜欢看的电视剧频道。看了一会儿，房门突然拉开了。

"天天晚上看电视，吵死了，就不能给小孩讲讲故事吗？"表嫂抱着孩子从客厅走过，阴阳怪气地说道。

"隔壁的黄奶奶每天给孙子讲故事读绘本，现在孩子三岁都可以背古诗了。"

表嫂的话如一盆冰凉的水浇在她头顶。姑妈怔怔地坐在沙发上，进退两难。一分钟后，姑妈迅速关掉了电视机。她想起适才的一幕，心如死灰。

隔壁的黄奶奶从银行退休，年前来到这边帮女儿带娃。黄奶奶说一口流利的普通话，每天教孩子唱儿歌，入睡前给孩子讲故事，读古诗。而姑妈是做饭打扫卫生的能手，她觉得孩子能吃饱不生病，不磕着碰着就万事大吉了，那些读诗讲故事的事情，她真的没有能力干。

连续的冲突，让姑妈的情绪低落。那天买菜回来，路过小区花园的亭子，见亭子里围着几个老人，她凑近一看，见两个老人在下象棋。姑妈立刻来了兴趣。戴眼镜的老头一筹莫展，对方挺兵升巡河车，有跃出边马打车的抢先手段。"要防着他的兵。"姑妈嘀咕了一句，戴眼镜的老头立刻化险为夷。十几分钟后，在姑妈的帮助下，戴眼镜的老头赢了。另一个下棋的光头老人气不过，冲姑妈喊道："要下你来下，下棋哪有帮忙的！"姑妈犹豫了一会儿，把菜放稳妥，坐了下来。一连下了三盘，光头老人两输一赢。到了做饭时间，姑妈便起身，拍了拍身上的尘土，道："得回去做饭了，明天再来。"光头老人也聪明，抹了抹额头上的细汗，说："明天记得来啊，下午三点半就在这里。"两赢一输，姑妈明显是手下留情了。次日再去时，果然光头老人在那里等着，围着四五个年纪相仿的老人。姑妈一直下到黄昏时分才起身，依然是赢多输少。

连续几日，姑妈使用了姑父惯用的棋法下棋，一招一式间，时光仿佛倒流，她顿觉对面的人变成了姑父，正笑盈盈地看着自己，手指娴熟地拿起棋子。周围的高楼渐次隐去，姑父的身后是大开的木窗，清凉的月光映衬出姑父俊俏的脸。

下了一个月的棋，姑妈的精神大好。然而那天下午再去却不见了光头老人的影子，一问才知光头老人和老伴去广州带孙子了。姑妈听了有点失落。她继续和别人下，十几盘下来，转眼就到了黄昏。表哥驱车回来，瞥见姑妈正和别人在亭子里津津有味地下棋，一阵暖流从心底滑过。

棋慢慢地在姑妈生活里扮演着重要的角色，孤寂的日子因了棋而多了一抹亮色。几日后的深夜，屋外寒风阵阵，姑妈起床去卫生间。路过表哥和表嫂的房间时，表嫂的话清晰地传进她耳里。

"要不让妈回去吧，她不会讲普通话，也不识字。涵涵在语言发展上落后很多。我叫我妈过来带。"表嫂说道。

"回去干吗？一个人待在老家万一出了意外怎么办？"表哥说道。

"有那么多意外吗？可以让她回去休息半年，以后再来。"表嫂说道。

姑妈小心翼翼地回到房里，心底悲喜交织。喜的是终于可以回家了，悲的是没想到是以这种方式离开。

几日后，亲家母来了。亲家母每天负责接送孩子，饭后津津有味地给孩子读绘本讲唐诗。那天傍晚，姑妈想陪孙女玩一会儿，儿媳却一下把她支开了。"妈，你去做饭吧。让她外婆教她读绘本。"表嫂说道。

姑妈听了心底一阵委屈，转身进了厨房。姑妈忍着没让眼泪流下来。买菜做饭，她感觉自己如保姆一般，以往至少还可以跟孙女玩一会儿。

一周后，姑妈踏上了回老家的中巴车。初春时节，空气里弥漫着一股油菜花香的气息。眼前的一草一木她如此熟悉，它们在风中左右摇曳着，仿佛在欢迎她的归来。

老屋久未有人居住，桌椅上落满了灰尘，一只硕大的蜘蛛静静地倒悬在蜘蛛网上，听到有脚步声靠近，迅速隐匿而去。姑妈花了一下午的时间，把整个房间清扫得干干净净，远远望去，地板上泛着一层光亮。她像一尾被搁浅的鱼在潮水的冲刷下，重新又回到浩瀚的大海。她又开始了日出而作日落而息的农耕生活。

几日后，姑妈在院落的石桌上放上棋盘，摆好棋子，与村里人津津有味地下了起来，棋子落在棋盘上发出啪啪啪的响声，一切仿佛又回到了过去。

4

　　从记忆中回过神来，禾水河依旧哗哗流淌着，天已经完全亮了。姑妈把摘来的长豆角和辣椒挑到小镇的墟上。长豆角和辣椒沾着雨露，在晨曦的照射下散发着亮眼的光泽。"这么早。"不时有人跟她打招呼。不到十点钟，辣椒和豆角就卖完了，换来一百五十八块钱，姑妈从中抽出一张十块的，去隔壁的肉摊上买了五花肉，竹筐里还剩一小扎长豆角和辣椒，她准备中午吃长豆角炒肉，用红辣椒爆炒，她这样想着的时候已经喉咙生津，不由得吞咽了一口。

　　回到老屋，姑妈静坐在院落里，看着不远处案台上姑父的遗像发呆。院门敞开着，风不时摇晃着虚掩的门，像一个调皮的孩子，跟院门嬉戏。歇息了一会儿，姑妈把两包沉甸甸的稻谷扛到了几百米之遥的碾米房。

　　从市区回到村里后，姑妈把给别人借去种的三亩地要了回来，又自己种了。扒秧、莳田、打农药、收割，以前是两个人的活，现在变成了她一个人。一望无垠的稻田里，整个村庄的稻谷几乎都收割完了，只剩下她在稻田里挥舞着手中的镰刀收割稻谷的背影。碾米房的老贵见了她，赶忙迎上去把她背上的稻谷接了过来。碾米房里弥漫着一股新鲜稻米的温润气息。她看着一粒粒稻谷流进 V 字形的春斗里，再出来时褪去了金黄的外壳，变成了一粒粒晶莹饱满的大米。

午饭后，姑妈叫了一辆摩托车，把五十斤大米、三十斤的菜籽油和刚从禾水河岸摘来的一篮子长豆角和辣椒载到了镇上的汽车站。在密集的车流里，姑妈感到一阵眩晕，她紧捂着嘴，最终忍不住还是吐了。剧烈的呕吐后，姑妈脸色异常苍白。两个半小时后，辗转颠簸之下，到达小区时已是黄昏。灯光下，看着孩子们津津有味地吃着自己带过来的蔬菜和米做成的饭菜，一股暖流在姑妈心底流淌开来。毕竟是自己的孩子，无论之前有多少矛盾，她始终还是记挂着他们。

暗夜里，姑妈躺在老屋的床上，双手抱着姑父留下的那副象棋，任窗外的月光倾泻进来。客厅里，旧式摆钟左右摇晃着，发出当当的响声。钟摆在夜色中划下沉重的弧线，钟声一下下敲打在她的心上。她感觉自己就是那个钟摆，这些年，在市区和老屋的路上来来回回晃荡着，马不停蹄。

次日，清凉的院落里响起阵阵下棋的啪啪声，姑妈正和村里的老人在石桌上对弈，不时有人走进来围观。寂静的房子复又变得热闹起来。

废墟之上

1

那个阴郁的黄昏，我抱着一堆废弃的纸壳下到一楼，见一位老人戴着手套，正在垃圾桶里翻垃圾。见我手中两个这么大的硬纸壳，她眼睛顿时一亮。我顺势都送给了老人，她一脸感激地看着我，而后弯腰吃力地把纸壳折叠成方块状。我见状，立刻上前帮忙。捆好纸壳，老人把它塞进蛇皮袋里，起身朝我一笑，一脸感激地摆了摆手，蹒跚着步履转身离开。老人的身影让我忽然想起年迈的母亲。

老人每天傍晚会准时来到小区捡垃圾，隔几天会拿到附近的废品收购站卖掉。

一次从外面吃饭归来，我见她跟一个满脸胡须的老头为了垃圾桶里的纸壳和几个酒瓶发生激烈争吵。老头说是他先看到的，她则争辩说是自己先看到的。

"你赶紧给我滚出去，你不在这个小区住，再吵我叫保安来把你赶走。"老头威胁道。她嘴唇抖动着，不敢再吭声，转身欲走。

看着她委屈的样子，我迅速叫住了她，叫她等下。我匆匆上楼，把积攒的纸壳全都给她拿下来，她接过来，嘴里不停地说着谢谢。

几个月后的一个黄昏，下班归来，远远地，我看见老人坐在一楼的长凳上。见我走来，她忽然起身，递给我一小袋水果，叫我务必收下。她特意等我归来。她说她要回老家了，以后再也不出来了。我听了满是疑惑。

在老人的叙述里，她一生的遭遇渐渐在我脑海里清晰起来。

2

夜色如墨，风裹挟着沙和尘土肆无忌惮地扑向四方。锯齿形的闪电划破夜空，世界顿时被照亮，转瞬又陷入无边的漆黑里。雨密集落在地上，发出劈里啪啦的响声，雨声很快哗啦啦起来，仿佛装满水的桶直接泼在大地上。

整个村庄笼罩在一片雨雾中。家家户户窗门紧闭，风透过窗细小的缝隙钻进屋内，昏黄的烛火颤动着。不远处的一栋老屋里，未关紧的窗户在阵阵暴风雨的撞击下发出刺耳的响声。咔嚓一声，一阵疾风裹着碎石撞击在窗玻璃上，风呼啸着钻入空荡的屋子里。

老张穿着雨衣，顶着暴风雨把那扇窗关紧，用雨布把窗的窟窿堵住。重新回到屋子里，风声越来越大，老张隐约听见屋后的竹林被风折断在地发出的嘎吱破碎的响声。这是2014年深秋时节一个落雨的夜晚。

次日，千里之外，一阵剧烈的手机铃声把马婶从睡梦中惊醒过来。睡意正浓的她缓缓摸出枕边的手机。那边传来噩耗："老马，你家房子塌了。昨晚下了一夜的暴雨，全塌了，这可怎么办？"电话那边的声音急促而慌张。是马婶家的隔壁邻居老张。马婶顿时睡意全无，一骨碌从床上爬起来，心仿佛掉入了冰窖里。

马叔和马婶坐火车回到家已是次日中午，记忆中矗立在大地上的屋子已经坍塌成几半，看着凌乱的瓦砾，马婶心如刀绞。她缓步走过去，从地上捡起一块沾满灰尘的青砖，久久凝视，那些与房子有关的记忆浮现在脑海里。那些温暖的记忆如今都弥漫着哀悼的气息。

二十多年前，马叔和马婶刚结婚时，他们租住在别人家的房子里。巴掌大的房间，只放着一张床、一张饭桌和几把椅子，炒菜就在门外支个炉子。

房子虽然窄小，但因了孩子的啼哭和咿呀学语声而变得充满生机。彼时他们还很年轻，浑身是力，对未来满眼憧憬。

为了建房，马叔踩着晨露上山砍木头，一根根搬运下来，拖到屋前的空地上曝晒。

多年过去，那个夏天的黄昏时常浮现在他们的脑海里，挥之不去。日落西山，马叔扛着一截沉重的杉木独自下山，汗水湿透了他的衣服。弯曲的山路让他失去平衡，他脚下一滑，整个人顿时失去重心，头磕在一块尖锐的石头上，头皮很快渗出血来。在地上躺了许久，待浑身的疼痛缓解，他挣扎着爬了起来。夜色降临时，马叔终于把木头扛到了家里。进屋的那刻，他瘫倒在地。马婶和儿子宇辉立刻把他扶进屋内。

稀薄的夜色里，马婶在屋内的案上插上三根香火，默默三鞠躬，口中喃喃自语。

酷暑的热浪慢慢消退，阵阵寒风迅速来袭。深冬时节，山风呼啸，山野间的树木发出哗哗的响声。马叔和马婶正在烧炭。他们在山脚下的斜坡上挖好一个简易的炭窑，把一根根劈好的柴放入炭窑中，不急不躁。燃烧的火焰映衬出他们灰黑的脸。缕缕黑烟通过炭窑上端的几个孔冒出来，朝天际飘去。当炭火的烟量渐渐变得稀少，缝隙里冒出的烟颜色发青透亮，马叔开始封窑。

马叔和马婶烧的炭颜色墨黑，质量轻，耐烧。天刚蒙蒙亮，窄小的房子里发出细微的声音，马婶起床了。她踮起脚尖，小心翼翼地走出房外。烧火，做饭，一直到做好早餐，才把马叔叫醒。饭后，他们一人挑着一担子沉重的木炭往十几里外的墟上走去。肩上被压弯的扁担上下颤动，发出嘎吱嘎吱的响声。到墟上时，天已大亮，火红的太阳释放出万丈光芒。

几年后，两个人靠着种田烧炭，省吃俭用，终于买下一块地。酷暑时节，马婶带着宇辉去河边拉沙，往返八里路，拉一趟下来衣衫早已被汗水湿透。午后，毒辣的阳光炙烤着大地，整个村庄的人深陷在梦境里。马婶咬着牙，使劲拉着沉重的板车，宇辉在后面用力推。到家的那一刻，宇辉忽然中暑晕倒在地。马婶吓得浑身直冒冷汗，赶忙把宇辉扶进屋内，转身疾步往村里的郎中家跑去。

花了大半年的时间，马叔和马婶才把地基填平。

次年，他们一家终于搬进了宽敞的新房。木制的两房一厅，上面一层放粮食。

从遥远而又清晰的往事中抽离出来，马婶不得不面对眼前残酷的现实。

在邻居家里借住了两日，马叔和马婶一步三回头地踏上了回东莞的火车。临行前，她和老伴久久地站立在坍塌的老屋前，午后的阳光映射在眼底，他们不由得感到一阵恍惚。旧屋是记忆的容器，此刻，旧屋坍塌，记忆的宫殿也随之销毁。家没了，以后回来住哪里？马婶心底不时闪过这个念头，她背了半塑料袋的泥土回来，这是老屋倒塌后裸露的地基下的泥土。

回到东莞后，她把土倒在阳台上那个废弃的大水缸里，在里面种上了葱、辣椒和姜。看着在晚风中摇曳的辣椒叶和葱叶，她脑海里不由得浮现出老家田埂上的菜苗。

犹豫许久，她跟儿子宇辉说出了重建老屋的想法。

房子是栖息的港湾，把坍塌的房子重新建起来成了他们最大的心愿。"即使你在外面安家了，以后老了还是要回到老家安度晚年的。这是你们的根。"马婶嗫嚅着嘴说道。

宇辉看着她渴望的眼神，停顿了一会儿说："妈，过几年再说吧。"马婶的期望落空了，宇辉刚在东莞买房，两个孙子都还正是花钱的时候，确实没余钱重新建房。于是，建房的事迅速被遗忘在日常生活的琐碎中。

马叔和马婶已在东莞横沥这个小镇上待了十年。十年，他们回去过四五次。如今房屋倒塌，回去再无栖身之地。

3

十年前，烈日的暴晒下，路面上闪烁着一股灼热的白。马叔和马婶正在稻田里汗流浃背地忙碌着。儿子宇辉和儿媳晓红在外打工，他们两人在家种着四亩地。身材魁梧的马叔把打谷机踩得轰隆响。一直忙到暮色四合，太阳的余晖慢慢被黑夜吞噬时，他们才拖着疲惫的身子回到家里。

刚到家，裤兜里的诺基亚手机剧烈震动起来。是宇辉打来的电话。放下电话，马婶疲惫的脸上闪过一丝亮光，她疾步出门，把儿媳怀孕的消息告诉在水井边洗澡的马叔。

他们只有一个孩子，三代单传。马叔听了立刻吩咐马婶晚上多炒一个菜。橘黄的灯光下，屋外蛙声阵阵，萤火虫在半空中划下优美的弧线，马叔缓缓喝着一碗烧酒。家族血脉延续的压力在此刻得以释放。闭上眼，他脑海里就浮现出孙子在他身边嬉戏追逐的温馨场景。

多年前，宇辉以优秀的成绩考取了高中，马叔却以家贫为由，没有让他去读。一个月后，薄雾弥漫的村庄，稀稀落落的犬吠声由远及近传来，十六岁的宇辉依依不舍地跟着村里人踏上了外出打工的路。马婶倚靠在门前朝远处的小路张望，直至宇辉的身影慢慢消失在路的尽头。马叔坐在屋内的老板凳上抽着旱烟，陷入长久的沉默中。两个人对此一直心怀愧疚。

2004 年的深冬时节，呼啸的寒风在村子里四处游荡着，五十三岁的马婶和五十六岁的马叔收拾行李，紧锁家门，踏上了前往东莞的火车。儿媳晓红生了个大胖小子，他们要过去带娃。

火车抵达东莞已是清晨，一夜的颠簸，他们疲惫不堪，又转乘一个多小时的公交车才抵达横沥。

窄小的出租屋里放着两张简易的床铺，一块蓝布挂在房子中间，一道屏障顿时形成。宇辉和晓红每天要加班到很晚，平常大都住在工厂的夫妻房里，只有周末回来住两天。

马叔在镇上做环卫工人，马婶专门负责带小孩。

屋外的夜色还很浓，马叔起床了。马婶带着不到一岁的孙子睡在床的另一头。半个小时后，马叔已到几里外的马路边工作，扫帚与地面摩擦时发出的沙沙响声不时回荡在耳边。

次年，晓红在镇医院又生下一个孙子，马婶变得愈加忙碌起来。窄小的出租屋已住不下一家六口，一周后，宇辉在工厂附近找了一个稍微宽敞些的房子，他们一家搬了进去。

家里开销大，一罐奶粉需要一百多，两个孙子一个月要吃五六罐奶粉。马叔做环卫工的工资都花在了两个孩子的奶粉上。马婶想给两个孩子熬米糊吃，却遭到了晓红的拒绝。他们发生了激烈的争吵。"再穷不能穷孩子！"晓红大喊道。就这一句，马婶只好妥协。为了省钱，马婶没有给两个小孩用尿不湿。每隔一两个小时，她就会问大的孙子要不要尿尿。起初，两个孙子经常拉在裤裆里，房间里弥漫着浓郁的臭味。日复一日，两个孙子很快就学会了自己尿尿和拉臭臭。马婶的举动得到了晓红的赞许。看着儿媳脸上由衷的笑容，她浑身的疲惫也顿时消失得无影无踪。

每次下班回到狭小的出租屋，宇辉买房的想法就愈加强烈。十六岁那年初到东莞，借住在老乡刘叔家的半个月，他就萌生出了在这里买房定居扎根下来的想法。当初刘叔在制衣厂做主管，看着他宽敞而装修考究的家，宇辉心生羡慕。后来在刘叔的推荐下，他进厂做了普工。六年过去，他已成为厂里研发部门的骨干力量。

当宇辉把买房的想法告诉父母时，他们先是一惊，面露惊愕，紧接着进行了强烈的反对。在他们眼里，千里之外的老家才是真正的家，这里只是挣钱谋生之地。等两个孙子长大，一家人还是要回到老家的。

既然出来了，宇辉就不想再回到那个偏僻闭塞的山村。年幼时，他曾想着通过努力读书来走出大山。辍学后，他逃离的想法就变得愈加强烈。思虑许久，他最终铁下心来，决定买房。

宇辉有近十二万存款，又东拼西凑了近八万，瞒着父母，买下一套一百平方米的楼梯房，三室一厅，位于六楼。

一年后，他们从嘈杂的出租屋搬入了新房。搬入新房的马叔和马婶看着宽敞的房子，有点局促。这一晚，宇辉喝得酩酊大醉，借着酒意，他说出了自己当初很渴望读高中上大学却辍学的事。旧的伤疤被揭开，露出猩红的血。一旁的马叔和马婶听了，尴尬又无所适从。

搬入新房一年后，东莞的房价飙升。宇辉庆幸自己的选择，稍微晚一步，这辈子恐怕就要寄居在嘈杂混乱的出租屋里了。

4

日子慢慢从逼仄走向开阔。两个孙子上初中寄宿后，马婶的时间顿时变得宽裕起来。闲得发慌时，她开始去捡破烂。马叔去年到了退休年龄，没再做环卫工人。时光放慢了脚步，温暖的阳光透过窗棂斜射在两张满是皱纹的脸上。马叔静静地坐在阳台的躺椅上，看着屋外那片农田，也不说话，也不出去溜达，已经很久了。

深夜，屋外的霓虹灯弥散着橘黄的光，晓红拖着疲惫的身子回家。刚进门，还没来得及坐下喝口水，马叔疾步从房间里走出来，指着她的鼻子骂道："我放在床垫子底下的两千块钱是不是你拿走的，你这个贼婆，没良心的。"面对这突如其来的一幕，晓红怔怔地站在原地。马叔忽然几步跨过去，一巴掌扇在她的脸上。"你还装什么，我明明看见你偷偷拿的。"他边说边撕扯起她的头发。他们很快扭打在一起。

吵闹声把马婶从睡梦中惊醒过来，她光着脚迅速冲出门，一把把老伴拉开。

"你是老糊涂了吗？两千块钱明明你下午拿给了我保存。"马婶一脸惊慌地说道。晓红嘴角露出一丝鲜红的血。

次日醒来，马叔看着晓红红肿的嘴角，一脸关心地问她怎么了，是不是被谁打了。这句话落在儿媳和马婶心底，她们立刻意识到马叔是生病了。马婶不知如何是好，心慌的她迅速打电话给宇辉。宇辉常年在外出差，两三个月回来一次。马叔的病给她的暮年生活蒙上了一层浓重的阴影。许多个夜晚，她梦到和老伴回到老家，在熟悉而又陌生的菜园里锄草挖土的场景。现在，这些都化为泡影。

宇辉次日傍晚赶回家。进门的那一刻，马叔一脸好奇地打量着他，问道："你是谁？"宇辉怔怔地看着他父亲，心底顿时凉了半截。他带父亲去医院开了些药，却见效甚微。

马叔的病情变得愈来愈严重，他记忆的地图在疾病的侵袭下变得残破不堪，生命中许多重要的记忆慢慢变得模糊起来。

马婶不得不整日待在屋子里。她担心把马叔一个人丢在屋里会发生意外。只有在马叔熟睡时，她才敢出来喘息片刻。夜深人静时，马婶扛着一蛇皮袋的废品走在寂静的街道上，她总是陷入深深的回忆中。她不知道日子怎么过着过着就变成了这样，明明苦尽甘来的日子，怎么一下子就血淋淋起来了？

在药物的干预下，马叔没有那么焦躁易怒了，但是他又开始嗜睡，常常觉得手脚无力。当他醒来，重新步入这日渐陌生的世界时，就变得危机四伏。马叔经常认错人，两个上初中的孙子从学校回来，他经常误认为是他的儿子。

那日清晨，见马叔起来，马婶赶紧去厨房下面条，很快一碗热气腾腾的面条端上了桌。马叔看了马婶一眼，低着头又走进屋，找来行李箱，往里面装衣服。马婶看着马叔的一举一动，不明所以。把行李箱装满后，马叔拉着箱子就往外走。她顿时慌了，疾步往房门口走去。

马叔说要回家。马婶心急地拉着马叔的手说："老头子，你要去哪里？这儿就是家。"

"这里不是，我们的家在重庆。"马叔试图甩开马婶的手，却没有挣脱开来。疾病的迅猛发展让他的身体变得虚弱无力。时间让一切回到了原点，现在马叔在马婶面前就像一个孩子。

"老家的房子早就塌了。"

"老家的房子早就没了！"马婶忽然对着马叔的耳朵，歇斯底里地喊道。马叔顿时怔住了，掉转头，嘴里不停地念着"没了"。马婶听着马叔的念叨，想起这些年的心酸，心仿佛针扎一般。走了几步，马叔停下，忽然转身指着她问道："你是谁？我的老伴呢？我要找我的老伴。"

几天后，马婶午觉醒来，却发现房间里空荡荡的，不见马叔的身影。马婶楼上楼下四处寻觅，却始终不见马叔的影子。马婶绝望地蹲在地上，怔怔地望着远方。

一直到黑夜降临，马婶依旧没有找到马叔。绝望之际，马婶忽然接到汽车站附近派出所打来的电话。

马叔一路走到了汽车站，却在车站附近迷失了方向。他在距离车站几百米的红绿灯口左右徘徊着，疾驰的车流一阵阵来袭，时刻要把他淹没。值班的交警发现了异常，迅速把他带到了安全的地方。站前派出所的民警从他的裤兜里找到了手机。

这是马叔距离回家最近的一次，却在即将开启回程的那一刻迷路了。他按照残存的记忆行走，记忆里的地图破损不堪，最终还是迷失在人流中。他曾经日日夜夜打扫的那一条条熟悉的路，如今纵横交错编织成一座巨大的迷宫，把他深深地锁在里面了。

马婶赶到派出所时，马叔看了她一眼，却不认识她。马婶牵着马叔的手往外走，马叔却使劲挣脱，嘴里不停地念叨着我要回家，我要找我的老婆子。在警察的帮助下，马婶才顺利把马叔带回家里。

经过这次的遭遇，马婶再也不敢出门了，每天寸步不离地跟着马叔。身体疲乏得难以忍受时，马婶只能把房门反锁了，才敢安心地睡下。

马叔的病让马婶疲惫不堪。行至暮年，本以为要平安着陆了，谁知命运却又一次把她推到悬崖边上。

即使马婶每天形影不离地跟着马叔，还是出现了疏忽。那天，马婶看着马叔在客厅里津津有味地看电视，便转身进了厨房做饭。每隔几分钟，马婶便从厨房出来看他一眼。再次出来时，客厅里却没了马叔的身影。马婶迅速冲出房门，很快耳边传来一阵沉闷的响声。马婶快步走至三楼，朝下张望，只见马叔躺在地上，满脸是血。原来马叔下楼时一个趔趄摔了下去，整个人滚到了二楼的台阶上。

马婶扑到马叔面前，扶起他的头，紧紧地抱在怀里。

"婆娘，我想回家。"马叔气息虚弱地说道。马叔仿佛一下子清醒过来。马婶听着婆娘二字，心底一惊，这是一年多以来马叔第一次认出了她。

回到屋子里，马叔又变得糊涂了，问她是谁。直至深夜，折腾了许久的马叔终于睡着，发出或大或小的鼾声，马婶的心才安稳下来。只有在深夜，她才能静下来好好喘息一番，把自己那颗破烂不堪的心拿出来缝缝补补。马叔嚷着要回家的声音一直在她耳畔回荡着，声声敲击着她的胸腔。

从菜市场回来，提着菜篮子上楼，马婶要中途停下来歇息两三次，才能爬上六楼。十几年前，她初到这里时，提着一大袋菜一口气就能爬上六楼。在时光的侵袭下，马婶仿佛听见自己的骨头在暗夜深处发出的破碎声。辗转反侧了一夜，马婶萌生了搬出去住的想法。马叔时常彻夜不眠，在屋子里四处游荡着，时而打开电视机，时而又拿起木棍敲击脸盆发出刺耳的响声。这些响动吵得一家人都不得安生。

马婶想带马叔回重庆老家，可老屋早已坍塌多年。她手中微薄的积蓄难以重建老屋。几次，宇辉出差归来，马婶在他面前晃来晃去，欲说出自己的想法，可看到儿子疲惫的样子，话到嘴边还是咽了回去。

马婶很想回家，却又有一丝隐忧。老家远在山沟里，出来看病需要走两个多小时的山路，还要乘坐一个小时的大巴才能抵达医院。而这里离医院只需二十分钟车程。

一年后，马婶患上了颈椎病，四肢总觉麻木无力。以往简单的上下楼现在却困难重重。她提着三个装满菜的塑料袋上楼，行至三楼，忽然双腿发麻，整个人后倾，险些倒在地上，她立刻抓住锈迹斑斑的栏杆，像是抓住一根救命稻草。许久，腿间的那股酸胀和麻木才隐遁而去。回到屋里，马叔还在熟睡中，一夜的煎熬和晃荡让他终于进入深深的睡眠中。放下手中的菜，坐在客厅，马婶咬着唇，终于下定了搬出去的决心。

当马婶跟晓红说出这个决定的那一刻，晓红不同意。晓红犹豫不决，心有不忍。马婶几经劝说，晓红还是答应了。那个阳光温暖的日子，马婶和马叔从儿子的房子里搬了出来，租住在几里外的一个出租屋里。出租屋在一楼，月租九十。狭小的屋子仅容得下一张床、两张凳子和一台电视机。她带着马叔在门口的过道处炒菜做饭。

宇辉出差回来，见父母住着的房子空荡荡的，心底一惊。得知他们租住在外，他咆哮起来。

"你还是个人吗？"

"他们这么大年纪了，还把他们赶出去。"

"是他们自己硬要出去住的，我有什么办法。"

"你爸每天在房间里大喊大叫的，我都快要疯了。"

晓红据理力争，面色通红。吵到最后，晓红蹲在床沿无声地抽泣着，泪流满面。

宇辉忧心忡忡地跑到父母的住处，看着父母租住在一个仅够转身的小房间里，心如刀绞。马婶正在过道上炒菜，见儿子归来，看了他一眼，低下头，仿佛一个做错事的孩子。在宇辉的一再坚持下，他们住进了一旁一室一厅的房子，也是在一楼。

　　人到暮年，仿佛只有紧贴着大地行走，马婶才感到踏实。身居高楼，腿脚不便的马婶和身患老年痴呆症的马叔时刻有坠地的风险。

　　马叔状态好一点时，马婶常带着他去附近的公园散步。日子就这样在喘息和煎熬中一天天流逝。

　　那个炽热的黄昏，烈日的余晖还弥漫着滚烫的热意。马婶正在炒菜。她朝屋里瞄了一眼，马叔正躺在床上，桌上的小型电风扇正飞速旋转着，发出呼呼的响声。菜刚上桌，马婶正欲叫马叔起来吃饭。马叔却忽然起身，走出房门，来到百米外的长条石凳上躺下来。石凳上的阵阵凉意透过白色的衬衫传递到肌肤，在全身弥漫开来。

　　马婶走到石凳前，使劲把马叔拉起来。马叔却一把把她推开了。马叔像一摊泥巴一样瘫软在上面，任马婶如何拉扯也不起来。马婶叹息了一声，转身回到屋里拿来一张薄薄的毯子盖在他身上。马婶一边吃饭一边朝不远处瞄一眼。饭后，稀薄的夜色慢慢覆盖大地，不远处的霓虹灯散发出昏黄的光。马婶走过去，欲把马叔叫进屋。马叔一动不动地躺在上面，马婶躬身使劲推了几下却无反应。一种不祥的预感顿时涌上心头，她的心跳加速起来，手禁不住颤抖。手颤抖着放在马叔鼻子下，却没了鼻息。马婶又摸马叔的身体，已浑身冰凉。马婶哽咽着瘫软在地，悲伤如潮水般瞬间把她淹没。

急救车送到医院，医生检查了一番，发现他瞳孔早已扩散。

马婶无助地坐在长椅上，面如死灰。宇辉接到噩耗的那一刻，正在江苏出差。晓红带着两个孩子匆匆赶至医院。两个孙子扑在身体已经冰凉的爷爷面前。一家人哭成一团。

三天后，马叔被缓缓推入火化炉里，几个小时后，马叔变成了一团灰烬被装进骨灰盒。马婶紧抱着骨灰盒，往事一幕幕浮现在她脑海里。她想起二十年前老伴牵着她的手来到这个陌生城市的场景，他向她讲述着儿孙满堂的温馨画面，讲到最后，两个人禁不住会心地笑起来。马叔已远去，只剩下马婶孤身一人住在出租屋里。马婶把一室一厅的出租屋退了，又回到了之前租的那个窄小的出租屋里。

骨灰盒存放在殡仪馆。不久后，马婶把骨灰盒抱了回来，她把它安放在紧挨着床的柜子里。屋外夜色苍茫，许多细微的声音飘浮上来，在她耳畔响起。她把骨灰盒抱出来，紧紧地把它抱在怀里，跟它聊天，仿佛马叔还在。

宇辉几次来劝马婶回去住，马婶都拒绝了。马婶想回到儿子的家里，但她的腿脚已经不起折腾，日渐严重的颈椎病让她步履艰难。

那一晚，马婶做了一个梦，梦见自己和老伴牵手回到了阔别近二十年的故乡重庆大足。他们走在故乡熟悉的小路上，在暮色中慢慢走进老屋里。步入老屋的刹那，老屋忽然崩塌下来，马婶从慌乱中跑出来，马叔却被埋在里面。她从睡梦中惊醒过来，浑身是汗。窗外夜凉如水，她心里的恐慌堵塞在胸口，久久不曾散去。她下床，抱着柜子里的骨灰盒，紧紧地抱着，眼角溢出浑浊的泪水。

5

疫情期间，宇辉工作了十几年的工厂资金链断裂，工厂倒闭。几个月前的元旦，空气中弥漫着丝丝寒意，他的心却热乎乎的。他记得工厂组织全体员工去附近的大酒店参加团年联欢宴会。酒店大厅里摆了密密麻麻的六七十桌，厂里的员工、供应商、香港一些银行的负责人都来了，饭菜比往年都要高档很多。宴会现场十分热闹，末尾是抽奖环节，他还抽到了一千元奖金。没想到不到半年，工厂就轰然倒地。这个运营了三十年的制衣厂由于国外疫情严重，订单纷纷取消，无法用大订单向银行贷款而资金链断裂，无奈宣布倒闭。他记得去年公司接到了一个一千多万的大订单，公司拿着这个订单去香港的银行贷款的。

晓红也去打零工，宇辉辗转应聘去了河源一家制衣厂。日子一下子变得捉襟见肘起来。

马叔在时，马婶的时间被无限分割，马婶只能在马叔熟睡的缝隙喘息片刻。马叔去世后，她开始把所有的时间都花在了捡破烂上。她紧锁房门，戴上手套，拿着一个蛇皮袋，往屋外走去。她走进晨雾中，身影立刻变得模糊起来。她沿着街道不停地走着。沉睡的城市已醒过来，街道两旁的早餐店亮着灯火。

矿泉水瓶六分钱一个，硬纸壳六毛一斤。马婶沿着街道不停地走，一直走到晨雾散去，马路上的车流渐渐密集起来，才返身回去。

背着一蛇皮袋的废品回到家，街道早已喧嚣起来，汽车的鸣笛声和小贩的叫卖声交织在一起，仿佛杂乱的序曲。马婶把捡来的废品分门别类摆放在房子的一隅，矿泉水瓶、硬纸壳、旧鞋分别占一排。

午后，大多数人沉浸在睡梦中时，马婶又拿着蛇皮袋出发了。深夜难眠时，她也出去捡破烂。一天下来，她能捡到二三十块钱的废品，运气好时能捡到五十块。她把这些钱积攒起来。

一次捡破烂，遇到一个老乡。老乡问她何时回老家。

"回不去了，等过些年我死了，让儿子把我和老伴的骨灰盒一起送回老家。"马婶说完，背着半蛇皮袋破烂缓缓往出租屋的方向走去，夕阳的余晖映射出她孤独的身影。

翌年四月，清明节即将到来，天空中飘着细雨。雨水阻挡了马婶外出捡破烂的脚步。马婶站在窗前凝望着天空飘飞的雨。雨越下越大，变成了瓢泼大雨。凶猛的雨把她引到记忆的河流里。多年前那场冲垮老屋的雨顿时又在她的记忆里纷纷扬扬地下了起来。想起这些，她禁不住心底一阵酸楚，回家的念头又在心底涌起。

次日，马婶正静静地躺在床上午休，屋外响起敲门声。她挣扎着爬起来，拉开门，却是宇辉。

"妈，这是后天回老家的高铁票，到时我陪你一起回去。"宇辉看着她说道。

马婶听了怔怔地望着儿子，满是意外。

几天后，马婶抱着马叔的骨灰回到了千里之外的老家。到家时已是黄昏。十几年前，马叔牵着马婶的手离开，此刻，马婶却抱着马叔的骨灰盒归来。

"老头子，你睁开眼睛看看，我们回来了。"马婶低下头，对着骨灰盒说道。

坍塌的老屋早已淹没在无边的杂草里。

暮色里，马婶和宇辉除去齐腰深的杂草，在老屋旁边挖出一个一米深的坑，轻轻把骨灰盒放进去。宇辉跪在地上，磕了三个头。

夜深了，他们借住在一个邻居家里。

"妈，你放心，今年我一定会在老屋的地基上重新把房子建起来的。"坐在窗户前的板凳上猛抽了几根烟的宇辉忽然起身走向马婶，紧握着她满是老茧的手说道。

宇辉的话顿时如一缕微光照亮她昏暗的内心世界。

窗外不知名的虫子潜伏在草丛深处，发出响亮的鸣叫声，她静静地躺在床上，周遭的声音潜入她耳中，熟悉而又陌生。

世界模糊的面孔慢慢变得清晰起来，马婶很快进入梦乡，均匀的鼾声回荡在房间里。

寂静的房子

1

异乡的午后，寂静的房子里，年近七旬的黄姨经常沉浸在过往的记忆中，像一个技艺生疏的打捞者，手持网兜在记忆的河流里反复打捞。有些河段她记忆深刻，仿佛她在这处刻下深深的印痕，任凭时光如何侵袭腐蚀，都清晰如昨。

三十多年前的那一幕依旧经常浮现在黄姨脑海里。

那个落叶随风飘舞的季节里，黄叔的妹妹因难产而生命垂危。

医生连续下了几道病危通知书，摇头不止。黄姨和黄叔在走廊上焦急万分，悲伤的潮水汹涌而来，瞬间把他们淹没。

苍白的病房里，自知大限将近，奄奄一息的妹妹紧握着黄姨的手，用尽全身的力气说出了那句话："嫂子，玉珊就托付给你了。"话刚说完，妹妹头耷拉下来，迅速闭上了眼睛。寂静的病房里瞬时哭声一片。年幼的玉珊泪水涟涟地哭喊着："妈妈，不要离开我。"看着玉珊惊恐而悲伤的样子，黄姨心如刀绞。看着自己的亲妹妹撒手人寰，黄叔转身走到墙角默默抹眼泪。

接受不了丧妻之痛的妹夫整日沉溺在悲伤的河流里无法自拔，每天借酒浇愁，浑身弥漫着浓郁的酒气。一个深夜，女儿玉珊已睡下，喝得醉醺醺的他摇摇晃晃地出了门，走到了寒气逼人的荒野里。次日清晨，路人发现他躺在亡妻的墓碑前，整个人早已冻得僵硬，没了呼吸。他就这样撇下女儿离开了人世。

曾经热闹温馨的房子顿时变得寂静起来。黄姨和黄叔把十二岁的玉珊接到了自己家里。黄姨和黄叔都是小学老师，多养一个孩子压力也不大。

接二连三的变故让玉珊变得早熟。她性格变得孤僻，经常独自坐在院落里怔怔地望着天空纷飞的鸟儿。看着孩子瘦弱的身躯，黄姨心生怜意。妹妹去世前的嘱托一直回荡在黄姨耳边，见孩子不想上学，她的心便如刀割一般。

没人知道玉珊为何不想上学。在学校，玉珊经常听到有人偷偷议论她，他们说她是没爹没妈的孩子。这些带着可怜和猎奇语气的话语仿佛一支支锋利的箭射向她。她伤痕累累。

一个阴冷的午后，玉珊又听见有两个男生在背后骂她是没爹妈的孩子。逆来顺受的她忽然捡起地上的石头朝对方砸去。两个调皮的男生面对这突如其来的一幕心底一惊，落荒而逃。

"这个疯子，神经病，没爹妈养的。"他们一边骂着一边做出嬉笑的鬼脸。

玉珊没有就此罢休。上课的铃声响起，回荡在半空中，操场上瞬时空荡荡的。她咬着牙，双眼通红，在地上蹲了一会儿，忽然捡起石头朝教室走去。她气呼呼地一脚踹开门，把石头狠狠地砸在骂她的男生的桌上。原本嘤嘤嗡嗡的教室瞬间安静下来。老师一脸吃惊地看着她，他没想到老实瘦小的她变得这般胆大。

"老师，他们俩刚才骂我是没爹妈养的。"她气呼呼地指着对方，憋了许久的泪忽然簌簌落下。

老师原本愤怒的心一下子软了下来。

此后，再没有人敢在背后议论她，人们纷纷对她避而远之。学校这个她曾经向往的地方此刻变成了伤心之地。她像受伤的刺猬般蜷缩在一隅，害怕靠近别人，也不敢让别人靠近。她想着逃离，以最快的速度逃离这个地方，去往一个没人认识她的世界。

"不要哭，孩子，舅妈就是你的妈妈。"黄姨紧抱着她，轻抚着她的头。

几年后，春寒料峭的日子，空气中还弥漫着丝丝寒意，玉珊便跟着村里年龄稍大的女孩子去了广东。临行前一天的午后，玉珊独自来到父母的墓碑前，她把酒和梨摆放在墓碑前，这是父母生前的最爱。她在墓碑前独坐了许久，一直到夜色降临才起身离去。她长久地跪下，三磕头，沿着那条山间小径缓缓下山，夕阳映射出她孤独的身影。

黄姨坚持把玉珊送到火车站。站台上，黄姨不停地朝玉珊挥手，叮嘱她想家了就回来。

玉珊在村里人的介绍下进了一家电子厂，一切暂时安定下来。

下班之余，别的同事都去逛街休息谈恋爱，玉珊花钱报了电脑培训班和日语培训班。培训班就在附近。她对日语十分感兴趣，坚持学习了近两年，已能熟练地与培训班的老师对话。

命运似乎开始垂青于玉珊。那日早上老板带着日本客户在车间参观，日本客户走到她身边时，她大胆地站起来，娴熟地用日语介绍着手中的产品。这一幕让老板大为吃惊，脸上露出惊愕的神情。她很快被提拔为日语翻译，工资也随之翻了一倍，居住的宿舍也得到了很大改善，由八人间调整为双人间。放下被褥和水桶，站在宽敞的宿舍里，望着窗外那一片绿油油的田野，她心底溢出一丝光亮来。

玉珊把所有的时间都耗费在工作上，感情生活一片空白，工作成了她的伴侣。在情感的世界里，她如刺猬般蜷缩在一隅，身上的刺是自我保护的方式，也是拒人于千里之外的理由。与同事聊到家庭时，她总是岔开话题，有意避开。那是她心底永远的痛，这些结痂的伤疤一触碰还是会鲜血直流。

那个叫杰的男孩似乎看穿了她，总是有意无意地靠近她关心她。晚上加班到深夜，男孩去外面吃夜宵总会带一份给她，冲她一笑，静静地放在她办公桌上。她总是拿钱给他，一副拒人于千里之外的模样。直至在公司的一次谈心会上，他当着众人讲述他年幼丧父的经历，她紧闭的心门才缓缓打开。相同的经历让两颗心顿时拉近了许多。

她一步一个脚印做到采购主管的位置。

2010 年，玉珊与杰结婚，在一个小区买下一套近一百四十平方米的房子，她终于在异乡扎根下来。次年，她生下一子。

玉珊的婆婆年迈多病，无法前来看管，她请了一个保姆过来带孩子，月薪四千。白天，她和老公去上班后，偌大的房子只剩下保姆和三个月大的儿子。保姆带了四个月，一次中午她偷偷回来看孩子，见保姆在打电话和别人聊天，任凭孩子在地上乱爬。见她突然出现在眼前，保姆慌乱地挂掉电话，面色通红地抱起孩子。这是个偷懒的保姆。思虑一夜，她终于下了辞退保姆的决心。

年幼时的至暗经历又涌现在脑海里。父母过世得早，她是一个没有爹妈的孩子。看着身边同龄的女人都有父母过来帮忙带娃，她心生羡慕。躺在床上，黄姨的身影浮现在眼前。她又觉得自己是一个有母亲的孩子，嘴上叫的是舅妈，心底却早已把她当作了母亲。

思虑许久，她终于拨通了那个电话。

黄姨接到玉珊电话的那一刻，妹妹临终前的嘱托刹那间又回荡在耳畔，当玉珊说出自己的请求时，她答应了。

玉珊在横沥，黄姨的儿子和儿媳也在横沥。放下电话，黄姨又陷入两难中，默默地望着窗外的那抹猩红如血的夕阳。儿媳预产期临近，自己肯定也要给儿子儿媳带娃。

黄叔见她眉头紧蹙，一脸关心地问她怎么了。她如实相告。"那还不简单，让儿子和儿媳都住在玉珊家就可以解决问题了。只是我们要带两个孩子，会比较累。"黄叔说道。

"得过几年再回来住了。"看着装修好的新房，她深深叹息了一声。第一次走进装修好的新房，她满身的疲惫一扫而空，灰暗的内心被炽热的光照亮，彼时的她还有半年才退休。她在新房里畅想着退休后在这里和闺蜜们聊天聚餐打牌的悠闲时光。

计划被打乱，黄叔得和黄姨收拾行李奔赴广东。2011 年深秋时节，黄叔和黄姨来到了东莞横沥。刚退休两个月的她浑身充满活力，长年的跑步让她看上去不到五十岁。

黄叔和黄姨以及儿子一家三口，共五人借住在外甥女玉珊家里，近一百四十平方米的房子，四个房间，刚好可以容纳他们两家人。她带着孙女睡一间，儿子和儿媳睡一间，玉珊一家睡一间，她的老伴怕吵，独自睡一间。原本宽敞的房子顿时变得逼仄起来。

屋外夜色清冷，喧嚣的街道变得寂寥起来，偶尔一辆车从马路上疾驰而过，转瞬便没了踪影。黄姨抱着孩子在房间里来回踱步着，嘴里轻声哼唱着曲调。睡意阵阵来袭，她不时用力掐一下自己，疼痛驱赶了睡意。她感到压抑、疲惫，浑身仿佛散架了一般。许久，怀抱中四个月大的孙女终于入睡，她小心翼翼地放下，触碰到床的刹那，一声啼哭顿时又划破了夜的寂静。她迅速把孩子抱起来，轻轻拍打着，哭声止。

次日清晨，她在孙女的啼哭声中醒来，双眼红肿，脑袋昏昏沉沉。喂完奶，继续安抚孩子睡着后，她终于可以再补会觉。

黄叔负责打扫卫生，买菜做饭，黄姨则负责照顾两个孩子，玉珊的孩子刚满一岁，自己的孙女则刚满四个月。两个孩子仿佛两条无形的藤蔓勒得她喘息不过来。

许多个夜晚她梦见自己回到了老家，回到了宽敞却无人居住的新房里。只有在周末，儿媳休息在家，黄姨才可以喘息一会儿。

黄昏，黄姨抱着孩子静静地站在窗前，久久地凝望着窗外的那棵梧桐树。一只鸟在半空中盘旋了一圈，而后栖在树中央的巢穴里，不时发出悦耳的鸣声。鸟用喙梳理了一下羽翼，不停地在枝丫上轻盈地跳跃着，时而朝她的方向鸣叫几声。鸟仿佛是在嘲讽她的孤独。她静静地注视着鸟的一举一动，心生羡慕。

次日上午，黄姨刚起床，见买菜归来的黄叔提着一个鸟笼回来，笼子里的两只鸽子上蹿下跳着，试图冲出这樊笼。黄姨责怪黄叔浪费钱，转念一想心底却又流过一丝暖流。

半个月后的午后，见两只鸽子无精打采的样子，她打开鸟笼，把它们放飞了。看着它们迅速翱翔天际的样子，她凝重的心也跟着变得轻盈起来。黄叔静静站在她身后，看着她把鸽子一只只放飞。

2

　　两年半时间一晃而逝，玉珊的儿子已上幼儿园，兵荒马乱的日子开始有了些许安静。

　　这两年多黄姨是咬牙坚持过来的，重新回望过去的每个日子，她的每根神经都是紧绷着的。那天，暮色四合，一家聚在客厅看电视，她一副欲言又止的样子，最后在黄叔的不断鼓励下，终于鼓起勇气对儿子儿媳表达了把孩子带回老家照顾的想法。没想到话一出口就遭到了儿子和儿媳的否决。夫妇俩一脸惊愕地看着她。

　　"妈，求求你啦，你把孩子带过去，我想她了怎么办，怎么能这么小就让她做留守儿童。"

　　一个求字让她陷入长久的沉默中。

　　半年后，儿媳又怀上了二胎，黄叔和黄姨回家的计划彻底被搁浅下来。

　　安静的午后，黄姨独坐在沙发上，环顾房子一眼，又看了眼儿媳不断隆起的肚子，那股紧迫感在心底愈加浓重起来。

　　"该买房了，一直住在这里也不是个事。"晚饭后，她跟儿子说道。

黄姨和黄叔都是小学老师，退休工资每个人有五千多。为了让儿子尽快买房，脱离寄居的生活，他们咬牙把十五万积蓄都拿了出来。黄姨把存折递给了为了房子而一筹莫展的儿子和儿媳。

"妈，我对不住你。"黄姨转身回屋的刹那，儿子忽然说道。声音回荡在房间里。

玉珊得知他们要买房后，主动借给了他们二十万。

几个月后，一家五口住进了新房。这是一套一百二十平方米的房子，精装修。小区就在玉珊所在的小区对面，隔着一条马路。

白天，黄叔负责把孩子送到幼儿园，傍晚再去接回来。

曾经拥挤不堪的生活顿时变得敞亮起来。小区很宽敞，绿化率很高，各种绿植映入眼帘。梧桐树、白桦树、椰子树，还有黄姨喜欢的松树。

饭后，小区中央的操场上传来扭秧歌跳广场舞的声音。洗刷完碗筷，把小孙子抱给儿媳，黄姨穿了件休闲服匆匆下楼。几分钟后，她出现在广场上。不时有熟识的老人跟她打招呼。她扭了扭腰，热身几分钟，迅速加入了队伍中，娴熟地跳起来。黄姨随歌起舞，沉浸在歌曲营造的氛围里，浑身的细胞也跟着飞扬起来，那些琐事和烦恼顿时烟消云散。有那么一瞬间，她沉浸在一种突如其来的幻觉中，她感觉自己又回到了青春飞扬的时代。近一个小时下来，黄姨早已跳得大汗淋漓。坐在一旁的石凳上喘息，看着夜色中的一草一木，她却感到浑身轻盈无比。那些年轻人嗤之以鼻的广场舞却成了身处异乡的她心灵的净化器。那些飘荡在空气中的乐曲仿佛流淌的河流，她在里面肆意游荡着。

因了广场舞，黄姨每天过得多了一些期待，也认识了几个聊得来的朋友。黄姨就是在这里认识米婶的。米婶比她大一岁，也在这个小区给儿子儿媳带娃。米婶和她是老乡。老乡的身份让她们很快成为闺蜜，无话不谈。儿子和儿媳买的快递，快递盒随意丢置一旁，黄姨把快递纸盒子拆开、抚平，一一叠好后用绳子捆起来，放在阳台的角落里。等积攒得差不多了，黄姨就打电话给米婶。半小时后，她提着一大捆纸壳匆匆下楼，米婶已在楼梯口等着她。皮肤黝黑的米婶接过沉甸甸的纸壳，感激地看着她。

米婶过来给儿子晓建带两个孙子近七年了，两个孩子已上小学，她每天负责做饭和接送孩子，剩余的时间都用来捡破烂。儿媳妇香妹每个月给她两千块钱生活费。一家五口，一日三餐，两千块钱得紧着用。经常手里的钱用到只剩三十了，不够买一餐的菜了，米婶才鼓起勇气问香妹要钱。香妹掌握着家里的财政大权。好几次晓建下班归来，她欲说两千不够用，看着儿子疲惫的样子，话到嘴边还是咽了回去。无奈之下，她只能通过捡破烂来贴补家用。

一连多日，黄姨没看见米婶过来小区广场跳舞。次日下午，黄姨下楼遛娃，碰到了正在垃圾桶旁翻捡垃圾的米婶。她热情地走上去，嘴里喊着大姐。米婶脸上挂着一层灰。黄姨关心地看着米婶，焦急地问她怎么了。

两个人在一旁的石凳上刚坐下来，米婶就泪水涟涟地倾诉起来。香妹一直反感她捡破烂。她觉得捡破烂脏，容易让人瞧不起。米婶在小区里捡破烂，香妹下班回来看见她，远远地低着头，绕道避开她，仿佛她是瘟神。那天黄昏，血红的晚霞染红了半边天，米婶扛着满塑料袋的破烂爬到五楼，她走几步台阶就停下来喘息一番。她把捡来的破烂分门别类摆放在阳台的一隅，硬纸壳、矿泉水瓶、破鞋等，一一摆放好，又用拖把反复清扫阳台。

刚打扫完阳台，门外忽然响起一阵脚步声，紧接着钥匙插入锁孔的声音传至她耳里，她慌忙起身，疾步走至厨房忙碌起来。

"什么东西都往家里捡，房子弄得脏兮兮的。"香妹边说边气呼呼地一股脑把阳台摆放整齐的一堆破烂全部甩到了门外。只听哗啦一声，米婶视如珍宝的废品散了一地。

香妹性子烈，米婶体弱多病，再加上没什么经济来源，一切都要看儿媳脸色行事，骨子里就愈加怵她。香妹的动作瞬间激怒了米婶。米婶气得额头上青筋暴露。

"你这死没良心的，你这是要我的命呀。"米婶边说边颤颤巍巍往楼下走。这些在他人眼底不值一提的废品，却是米婶的命根子。

米婶和香妹对骂了很久，脸色苍白，她浑身酸软，几乎要晕倒。

次日上午，晓建起床后，却见厨房里冷冷清清。以往一起床就有热乎乎的早餐。晓建侧身一看，见母亲正在收拾行李。

"我下午就坐车回去。孩子以后你们自己接送。"米婶灰着脸说道。

"妈，你到底怎么了？"晓建一脸疑惑地问道，昨晚他加班到很晚才回到家。

米婶不吭声，眼里的泪却涌了出来。眼泪顺着脸上的沟壑流下来，滑落在地。

"我哪是你的妈，我就是你们的保姆，不要钱的保姆。"米婶越说越伤心，双肩因为哭泣而微微抖动。

"到底怎么了？妈，是不是香妹说了你什么？"晓建边说边怒气冲冲地推开房门，大声质问正起床穿衣服的妻子。

"整天捡破烂，脏兮兮地堆在阳台上，昨天下午全部被我扔掉了。"香妹凶道，却明显底气不足。

"你这个神经病。她是我们的妈，你怎么能这样对她？"他几乎咆哮着说道。

"现在妈铁了心要回去，你说怎么办？以后谁去接送孩子，我们上班这么忙。"他边说边愤怒地拿起一旁的枕头砸在她身上。适才寂静的房间里顿时乱成一团。

深夜，晓建轻轻推开房门，轻声叫了几句妈，却始终没有得到回应。米婶侧身向墙而卧。微弱的光线透过窗户的缝隙斜射进来。

"妈，我们错了。你不要回去好不好？"晓建恳求着说道。房间里静悄悄的，空气仿佛凝固，紧接着传来啜泣声。声音落在他心底仿佛一把锋利的刀插在他心口，父亲去世前交代他的话依旧不时回荡在耳畔。五年前，他父亲因肝癌离世。离世前的刹那紧拉着他的手说道："好好照顾你妈。"他父亲在生命的最后一刻放不下的依旧是他母亲。用尽浑身的力气说完这句话，父亲便断了气，却双目圆睁。父亲是死不瞑目。他哭泣着合上父亲的双眼。

屋外夜色苍茫，往事一幕幕涌上心头，淤积在胸，让他窒息。寂静的房间里，晓建忽然狠狠地扇了自己一巴掌。只听啪的一声回荡在房间里。

"妈，我错了，你打我吧。"他哽咽着说道。

向墙而卧的米婶听到响亮的声音立刻转过身来，明晃晃的月光下，她那颗冰冷的心瞬时被一股突如其来的暖流包裹着。她把儿子扶了起来。

米婶答应儿子不回老家，但她坚持着要去外面住。

几日后，米婶在外面租了一个四楼的小房子，月租两百。下午，任凭晓建如何劝说和阻拦，她都不听。她铁了心要搬出去。一床被褥和一水桶衣服，米婶心灰意冷地从这个住了近七年的房子搬了出去。

"还是你好，妹子，一个月有五千多的退休金，不用看谁的脸色。"米婶擦掉眼角的泪说道。听着米婶最近的遭遇，黄姨心底五味杂陈。她叫米婶等一下，起身上楼把屋子里这些天积攒下来的硬纸壳提下来给她。

"晚上记得来跳舞啊。"黄姨说道。

"好的，妹子，一定来。"米婶心事重重地说道。

看着米婶左右手各提着一蛇皮袋的破烂缓缓朝小区门外走去的身影，黄姨心底感到一些心酸和无奈。黄姨忽然推着婴儿车疾步跟上去。

"我去你住的地方看看。"黄姨说道。

"有什么看的，又脏又乱呢。"米婶说道。

黄姨从米婶手里抢过一个沉甸甸的蛇皮袋左手提着，右手推着婴儿车，两人缓缓朝出租屋走去。

出租屋二十平方米左右，屋内放着一床、一椅、一桌子。紧挨着墙的角落整齐地摆放着米婶捡来的破烂。落日的余晖透过窄小的窗户斜射进来，黯淡的房子顿时明亮了许多。窗户旁的铁架子上放着碗筷和一台二手的电磁炉。枕头边放着一瓶治疗糖尿病的格列美脲。

米婶每天接送完两个孙子，做完一日三餐，就回到这个窄小的出租屋里。在出租屋里休息片刻，她就左手拽着两个蛇皮袋，右手捏着个火钳出门了。

米婶的遭遇在跳广场舞的姐妹们中间传开了。黄姨作为广场舞的队长，她和另外一个关系好的闺蜜几经商量，决定介绍米婶到附近的纽扣作坊做手工活。

两日后，米婶顺利来到纽扣厂做手工活，按劳给报酬，多劳多得，时间可以自由支配。早上，她送完孩子就过去，晚上一直加班到深夜十点才回到出租屋。一整天下来虽腰酸背痛，心底却也踏实。月底发工资，米婶给黄姨买了很多水果以示感谢。

"妹子，还是自己能挣钱好。"米婶笑着说道。黄姨听了却感到格外心酸。小区里与她一样背井离乡过来给儿女带孩子的老漂一族大都没有任何收入，平常只有靠儿女看着给。黄姨是小区里少数几个每个月有五六千退休金的老人。

3

连续半个月没见到米婶，黄姨觉得蹊跷。打电话过去，才得知她心脏病突发住院。一日深夜，下班归来已近十点，喧闹的夜市慢慢变得安静下来。米婶沿着楼梯上四楼，楼道里昏黄的灯光映射出她疲惫的脸。走到 403 房的门口，她掏出钥匙插入锁孔里，忽然感到一阵头晕目眩，紧接着晕倒在地。

医院胸痛中心立即开通绿色通道把她送进导管室，心脏科医生进行心脏血管造影发现米婶心脏三条血管都堵塞严重，左边的血管已经完全闭塞。

手术室里，医生立即植入一枚支架，开通了血管，米婶堵塞的血管血流恢复。

"长年患有糖尿病，容易得心脑血管疾病，过于劳累容易造成急性心肌梗死的发生，回去叫她不要太劳累。最好不要一个人住。"主治医生一边指着心脏彩超，一边跟晓建说道。

不要一个人住，这几个字落在晓建心底，仿佛一把锋利的匕首插在心口。父亲去世前的嘱托此刻又回荡在耳边，仿佛无形的皮鞭不时抽打着他。晓建静静地盯着眼前的心脏彩超，脑海里不由得浮现出他母亲疲惫苍老的身影。母亲这棵树早已树叶凋零，树干干枯。

黄姨得知米婶住院的消息后，立即发动平常一起跳广场舞的二十几个姐妹给她捐款。米婶种了一辈子地，她从没买过社保，异地看病住院自然无法报销。每年在老家交的农村合作医疗保险三百八十元是她唯一的保障。这次住院花了近五万，要先垫出医药费，等年底回老家之后才能报销，也只能报销百分之三十。

黄姨是教师，跳广场舞的姐妹都说她是有铁饭碗的人。黄姨庆幸教师的身份给自己的晚年生活提供了有力的保障。如果她生病住院，能报销百分之九十。

黄姨捐了三千元，二十多个跳舞的姐妹总共捐了近一万五。几个姐妹作为代表来医院看望米婶。黄姨把钱递给米婶的刹那，米婶眼角溢出一滴浑浊的泪。

毫无养老保障的米婶，她的内心时刻处于焦灼不安的状态。相比于米婶，黄姨的内心要安静祥和很多。她们的心房，一个喧嚣，一个安宁，一个兵荒马乱，一个安静祥和。

一周后，米婶出院了，任凭晓建如何劝说都不愿意回到小区跟他们一起住。无奈之下，晓建只得求助黄姨。

"还是回去住吧，姐，万一再像上次那样出个意外，可如何是好？"在黄姨的不断劝说下，米婶终于松了口，答应回小区住。转了一圈，一切又回到了原点。身体痊愈后，米婶依然去纽扣厂做手工活挣钱，只不过去半天休息半天。黄姨见了，建议她去厂里领一些手工活来家里做，做完了再去拿，这样免得跑来跑去。"我把手工活带到家里，儿媳肯定又会说我把屋子弄脏了。"米婶不愿意。她听了无奈地摇头。

回到住处，静静地坐在客厅里，回想起这段时间米婶的遭遇，黄姨仿佛看到了自己的宿命。黄叔也有糖尿病和高血压，需要常年吃药维持健康。十二年前，刚来到这里时，她五十五岁刚退休，黄叔刚六十，彼时他们身体尚且硬朗。如今十二年过去，她已六十七岁，老伴已年过七旬。孙女已上初一，平常寄宿在学校，只有周末才回来。孙子上小学四年级。黄叔和黄姨每天需要做一日三餐，接送孙子上学。她把空余的时间都花在了跳广场舞、参加社区举行的老年舞蹈比赛上。黄叔则整日待在家里，闷得慌时就下楼跟小区的老人下几盘棋。她的欢快映衬出黄叔的孤寂。许多次她跳完舞大汗淋漓地回到家里，看见黄叔靠在沙发上睡着了，电视却依旧打开着，发出喧闹的声音。

叶落归根，年过七旬的黄叔经常在她面前念叨着回老家。儿子儿媳每天为了工作早出晚归，一回到家吃完饭就躺在床上静静地刷手机，一天的疲惫让他们丧失了说话的欲望。那天，黄姨再次鼓起勇气提出了回家的想法，却遭到了儿子儿媳的拒绝。

"妈，你和爸还是安心待在这里，回老家万一出了事怎么办？这里离医院近，什么都方便。"儿子儿媳挽留道。黄姨听了一时无语。她知道儿子儿媳的心思。她和黄叔在这里，累了一天的他们下班就有一口热饭吃，家里的地板时刻保持着光可照人的状态。在这里，每个月的生活费都是她和黄叔掏的。她经常调侃自己是出力又倒贴钱的保姆。话虽如此，但每天看着儿子工作到很晚归来，筋疲力尽的样子，她又很心疼。

回家的想法再次搁置下来。

几年后，孙子上了初一，寄宿在学校。不如归去的想法再次在脑海里涌起，时时刻刻催促着她付诸行动。

4

正当黄姨和黄叔回家的念头愈来愈强烈时，接到了女儿美秀打来的电话。

美秀继承了她父母的衣钵，一直在老家县一中教书。

2016年，国家放开二孩后，身边的朋友和同事纷纷怀上了二孩。与她一样，她们都是年近四十的高龄产妇。

老公是三代单传。她和老公只有一个女儿，正在县一中读高三。

那晚学校晚自习结束回到家，推开门的刹那，见公公和老公坐在客厅里语气凝重地在商量着什么。见她进来，他们却又不吭声了。

几分钟后，坐在沙发上的老公忽然对她说道："秀，我们再要一个孩子吧，我身边的同事都在备孕。"

"是啊，美秀，家里三代单传，再生一个。要是再生一个男孩就更好了。"她公公说道。

美秀没吭声，男孩二字刺疼了她。她还清晰记得十多年前她生下女儿时，公公婆婆失望的表情。

"红红今年就要高考，等过了今年再说。"美秀随口说道。美秀以为这事就过去了，没想到次年女儿去外地上大学，公公把这件事又提上了日程，不停地在面前念叨着。

无形的压力朝美秀逼近，她只得应允下来。

美秀开始频繁奔波于学校和医院之间。身边与她同龄的同事都顺利怀孕，没经历什么波折，她备孕一年半，吃了许多调理身体的中药，肚子却静悄悄的。她那颗期待的心慢慢凉了下去，公公看她的眼神也变得奇怪起来，经常在屋子里叹息着。

在备孕的路上挣扎了两年多，见怀孕无望，美秀和老公便慢慢断了这个念想。日子又恢复了原有的平静。

2021 年下半年的一天清晨，月经推迟了七天还没有来，美秀忐忑地跑去药店买来验孕棒，一测，两条杠出现在眼前。她没想到已经放弃怀二胎的想法时，却怀孕了。四十三岁的她又怀孕了。

次年，美秀生下一个大胖小子。年近九旬的公公抱着孙子，露出灿烂的笑容。

产假结束，看着年迈的公公和忙碌的老公，美秀只得把求救的目光投向了在东莞带娃的父母亲。

黄姨接到电话的那一刻，不假思索地答应了。美秀没想到母亲会答应得这么快。

"终于可以回家了，走，回家。"黄叔嘴里不停地念叨着，高兴得像个孩子。

老漂十余年，年近七旬的黄姨终于可以叶落归根。

5

黄姨即将回老家的消息迅速在广场舞队伍里传开，她是舞蹈队的队长，平日里因热心而深受队员的喜爱。

次日晚，黄姨请舞蹈队的十二个人在小区附近的湘菜馆吃了顿饭。酒至酣处，米婶忽然哭起来。

"妹子，我真舍不得你走，你这一回去，我就没人说话了。"米婶抹了抹眼泪说道。

"这里还有这么多姐妹呢。"她一时不知如何安慰米婶。她回去的喜悦映衬着米婶的悲伤。

饭毕，米婶回到家里，见儿子一家都在客厅看电视，她进了房间，静坐在床沿，怔怔地望着屋外苍茫的夜色。察觉到什么，晓建轻轻推开门，见他母亲无声地坐在床沿，泪流满面。他慌忙问母亲怎么了。"没事，孩子。我就是想起你爸了。"米婶擦净眼角的泪说道。想起黄姨即将回老家，米婶脑海里就浮现出老伴还在时，一起买菜，饭后一起散步的场景。她也很想回到一别多年的老家，住在熟悉的老屋里，过晨耕暮耘的平淡生活。但米婶不敢回去，她担心孤守在老家，容易深陷在疾病的深渊里。

三日后，黄姨和黄叔坐玉珊的车踏上了回老家的路。

车缓缓启动，迅疾奔向远方。米婶不时朝她挥手，直至车消失在马路的尽头，才转身往小区走。血红的朝霞映射出米婶憔悴的身影，阵阵晨风袭来，吹乱了她鬓角的白发。

玉珊坚持要开车送他们回老家。十二年如一日地照顾，玉珊的儿子已上初中。她对此心怀感激。

深夜，他们回到了老家。钥匙插入锁孔，轻轻一拧，门开了。摁亮灯，昏黄的灯光瞬时盈满房间。静坐在沙发上，她脑海里浮现出十二年前和黄叔紧锁房门，奔赴异乡的场景。

寂静的房间复又变得热闹起来，厨房里传来黄叔忙碌的声音，窗外的稻田里传来阵阵熟悉而又陌生的蛙鸣。

次日，玉珊和黄姨驱车回到了乡下的老屋。推开沉重的木门，门发出嘎吱的响声，仿佛一个老人剧烈的咳嗽声。屋子里落满了灰尘，房梁上结满了蜘蛛网，一只倒挂的蜘蛛听见动静迅疾躲藏起来。家具的摆设还是多年前的模样，未曾因时光的流逝挪动半步。

玉珊静静地站在客厅里，看着眼前熟悉而陌生的一切，往事点点滴滴瞬时清晰地浮现在脑海里。

一旁树梢上一声刺耳的鸟鸣传来，惊醒了寂静的老屋。

生命的灯盏

1

2009 年成为丰顺婶命运的分水岭。

黑夜潮水般在大地上涌荡开来，给两个孙女喂完饭，丰顺婶就把灯灭了。她不敢开灯。此刻黑夜充当着保护色，灯光却易暴露她的存在。灯灭了，屋子里顿时漆黑一片，短暂地适应后，屋内的物什露出清晰的轮廓。

屋外的声音仿佛长了脚一般沿着墙壁攀爬而上，钻入丰顺婶的耳内，撕咬啃噬着她的心。自从儿子建文消失后，她就对声音异常敏感。此刻，丰顺婶躺在床上，竖耳倾听着房门外的动静。当门外响起急促而沉重的脚步声时，她心跳加速。重重的脚步声回荡在耳边，很快又跑远了。她忐忑的心暂时放松下来。在黑夜里寂静地躺了半个小时，她担心的事情还是发生了，急促而密集的敲门声忽然响了起来。

"阿姨，我知道你在里面，你就开门吧。"屋外的人说道。

丰顺婶捂着耳朵，咬着牙，心悬到嗓子眼，假装没听见。

"再不开门，我一脚就踹开了。"敲门声变得急促起来，伴随着愤怒的吵闹声。

敲门声把两个孙女惊醒，她们哇的一声大哭起来，一脸惊恐地看着丰顺婶。丰顺婶一把抱过两个孙女，紧紧地抱在怀里，双手不停地安抚着，嘴里不停地说着不要怕不要怕，奶奶在呢。

丰顺婶最终无奈地打开灯，刺眼的灯光瞬间照亮整个房间。

屋外敲门声变得愈加剧烈起来，伴随着踹门声。丰顺婶迅速拿出一些糖果和玩具递给两个孙女，把她们推进小房间，紧关上门，转身把房门打开了。

敲门的是两个中年男子，一个大腹便便，腋下夹着一个公文包，一个穿着厂服。

"躲什么躲，欠债还钱，你儿子我们找不到，就得找你。"两个人怒目圆睁道。

丰顺婶不停地解释着，说现在两个年幼的孙女都是她来照顾，家里只靠老头子做保安的八百块工资养活。她边说边推开小房间的门，把两个孙女牵到讨债的人跟前。讨债的人看着两个一脸惶恐的小女孩，无奈地摇了摇头。讨债无望，他们欲从屋子里搬走什么，环顾整个房间，却见房间里只有一张床、一个破旧的床头柜、一张桌子和几把椅子，连个电视机都没有。要债的人愤怒而无奈地走了。

此后，夜幕降临，丰顺婶渐渐不关灯了。有要债的找上门来，她就把自己现在的情况一五一十地告诉对方，每次说着说着，她双眼禁不住就湿润起来。争吵声在房间里回荡着，两个孙女见她哭泣，吓得紧抱着她的腿，惊恐地看着眼前发生的一切。

讨债的人看着哭泣的丰顺婶和两个嗷嗷待哺的孩子，只好转身离开。反反复复一年，随着一波又一波的人上门讨债无果，此后再也没有人上门。曾经淤积在内心的恐惧慢慢消失了，窄小的房子恢复了往日固有的安静。

年过五旬的丰顺婶和老伴租住在这间狭小的出租屋里，她独自带着两个孙女，老伴则在附近的一个工厂做保安。她们一家四口靠着老伴的八百块钱工资度日。

2

旧时的记忆时常浮现在丰顺婶脑海里。二十世纪五十年代，丰顺婶出生在河南信阳一个贫苦的农村家庭，二十岁那年嫁到隔壁一个更偏僻的山村，穷困的阴影笼罩在头顶，挥之不去。

彼时村里还未通电，夜幕降临，屋外凉风习习，屋内案上的灯火在夜风的阵阵吹拂下不停颤动着，清凉的月光洒落大地。月亮是悬挂在半空中的另一盏灯。一家人躺在床上，丰顺婶给孩子绘声绘色地讲鬼故事。直至夜色渐深，耳畔响起孩子均匀的呼吸声，丰顺婶才能安静下来。喘息片刻，她又起身坐在昏黄的烛火下缝补衣服。一直到夜沉入底端，她才打着哈欠睡去。

一觉醒来，夜色还未散去，丰顺婶就起床了。她穿上雨靴，戴上手套，手持镰刀往稻田走去。她低头弯腰，脚底下很快就响起咔嚓咔嚓的收割声。这些细碎的声音钻入耳里，她感到很踏实。

晨雾渐渐散去时，丰顺婶把割倒的稻谷背上岸，用板车一趟趟拉到宽敞的院落里。她在院子里铺上一层白色塑料布，紧接着她使出浑身的力气一遍遍地把稻谷摔在那张坚硬的木板凳上，受巨大外力的作用，稻穗脱离稻秆，谷粒溅了一地。一直到太阳悬在半空中释放出炽热的光线时，她才停歇下来。

两年后，在孩子们日复一日的期待里，村里终于通电了。在一盏灯面前，世界的喧嚣顿时隐遁而去，静谧与温馨缠绕于身。开灯的瞬间，万丈光芒瞬间穿透黑夜。孩子们在灯光下玩耍嬉戏追逐，直至疲惫不堪才摁灭灯睡去。静静地望着那盏散发着白光的灯，丰顺婶不由得有些怀念当初没有通电的那一个个夜晚，一家人躺在床上窃窃私语，乳白的月光映射出一张张朦胧的脸。

靠着家里的几亩地，勉强支撑着过日子。供孩子上完初中，丰顺婶便无力再支撑下去。儿子建文中考成绩好，看着别的同学纷纷上了高中，自己却不能去，把自己关在房间里哭了三天，眼睛都哭肿了。哭声穿透木门传到丰顺婶耳里，丰顺婶手足无措。丰顺婶在房门口静听着，房内的声音如蚂蚁般撕咬着她，成为她心底永远的痛。

2000 年，一个雨雾弥漫的清晨，十八岁的建文第一次出门远行。村庄还沉浸在睡梦里，犬吠声回荡在半空中。丰顺婶早早起来给建文煮了八个鸡蛋和一些红薯，装在他的背包里。丰顺婶把卖牛换来的五百块钱缝在建文内裤外面的小裤兜里，叮嘱他万不得已时才能拿出来用。

一直把建文送到村口，看着他坐上了通往小镇的汽车，丰顺婶才返身往回走。

在老乡的推荐下，建文来到了横沥，进了一家鞋厂，在鞋厂面部做普工。建文每天的职责是给鞋面的布料刷胶，然后再小心翼翼地贴里布和衬布。千篇一律的工序每天不断重复着，未来一眼望得到头。

看着针车部的同事工资高，建文心生羡慕。发工资后，建文买了两条烟给针车部的一个师傅，恳求师傅教他。下班后，建文跟这个师傅学习针车技术。建文似乎天生就是干这一行的，不到两个月，建文就能踩得一脚娴熟的针车。散落的布料在他手脚的配合下，密集地缝合在一起。昏黄的灯光映射出他稚嫩的脸。建文每天加班到很晚，累却踏实。建文的勤快和聪明，车间主管看在眼底。半年后，他被提拔为针车小组的组长。

刚入鞋厂时，建文是孤独的，每天独自往返于车间、宿舍和食堂之间，三点一线织成的绳索无形中捆绑着他。许多个深夜，下班归来，他独自跑到五楼的天台上。清凉的月光洒落在身，他喝着一瓶冰冻啤酒，朝着故乡的方向眺望着。一直到夜色深沉，不远处喧嚣的大排档渐渐散去，他才满身酒气地下楼，在酒的帮助下，很快入睡。

那天，建文拖着疲惫的身子下班去食堂吃饭，刚打好饭，一个熟悉的乡音传入他耳里。循声望去，见一个穿着红裙子的女孩正一边吃饭一边打电话。女孩叫婷婷。婷婷在包装部上班。乡音拉近了彼此的距离，一来二去，他们熟络起来。在这个鞋厂的第三年，建文与婷婷确立了恋爱关系。建文在外面租了房，同居半年后，婷婷怀孕了。

2004 年的深秋时节，在横沥医院，婷婷生下一个女婴。消息传到千里之外的河南信阳老家，丰顺婶和老伴兴奋不已。后来，丰顺婶和老伴收拾行李，锁上家门，来到了东莞横沥。当村里人都在忙着秋收时，她和老伴成了村里最早一批的老漂。

婷婷休了半年产假就上班去了。他们一家五口租住在一间月租两百的出租屋里，两房一厨一卫，没有客厅。稍大点的房间是儿子和儿媳住，小房间是丰顺婶和老伴住。老伴来到横沥这边后，应聘到一家塑胶厂做保安。

夜幕降临，狭小的出租屋只剩下丰顺婶一人带着孙女兰兰。建文和婷婷每天要加班到近十点才下班，老伴值的是夜班。彼时丰顺婶还年轻，身体尚且硬朗，日子虽然过得累，但踏实。看着怀抱中的孙女一天一个样，儿子和儿媳每天努力上班，她的心是欢喜的。

2007 年，凭借着这些年积累的人脉和客户，建文辞职创办了自己的鞋厂，负责代加工。虽然是个小作坊，但让他看到了前行的希望。一年后，小女儿出生，建文给她取名为悠悠。

2009年，全球次贷危机的影响席卷而来，建文的工厂仿佛一棵小树苗在这场罕见的暴风雨中瑟瑟发抖，面对狂风暴雨的侵袭，随时有被连根拔起折断在地的风险。

购买机器的钱是借的，大半还没有还，在月光的映射下，崭新的机器闪着阵阵寒光。已经三个月没有订单，建文每天拖着疲惫的身子回到家里，看着五岁的兰兰灿烂的笑容，他的心却是苦涩的。建文强颜欢笑，不敢把心底的苦表现在脸上。

建文没想到婷婷会在他最艰难的时刻留下一纸离婚协议书，突然人间蒸发般消失得无影无踪。她就这么狠心撇下两个孩子。他不停地拨打她的手机，那边却传来阵阵忙音。

负债近一百万，建文无力偿还。在一个深夜，建文久久地看了两个女儿一眼，留下一张纸条，趁着父母熟睡，背着行囊悄悄离开了这个家。

清晨醒来，丰顺婶久久地凝视着纸条，颤抖着双手从裤兜里掏出手机，不停地拨打儿子的电话，那边却传来阵阵忙音。她慌张地在屋子里来回踱着步。丰顺婶正欲掏出电话打给上夜班的老伴，老伴却迈着疲惫的步伐，手里提着几个包子进屋了。

老伴看着丰顺婶一脸慌张的样子，问她怎么了。丰顺婶把手中的纸条塞到老伴手中。

"真是造孽啊。"老伴一把把纸条揉成一团，狠狠地甩在地上。房间里顿时寂静无声，空气仿佛凝固下来。屋外的马路上，霓虹灯散发出昏黄的光，晨起的清洁工正在清扫马路，耳边传来阵阵沙沙的响声。

待两个人从突如其来的变故中缓过神来，丰顺婶和老伴适才慌乱的眼神慢慢多了一丝坚定。等慢慢消化完这突变，丰顺婶和老伴慢慢理解了儿子建文出逃背后的无奈。

看着两个孙女稚嫩的脸庞，他们一筹莫展。一个刚满五岁，一个刚满一岁，正是蹒跚学步时。时光转了一圈下来，一切又回到了原点。他们又回到了苦心带娃的时光，三十年前他们还很年轻，三十年后的今天，他们已年过五旬。

一家六口变成了一家四口，每个月的生活只靠着老伴做保安的工资维持。平淡而幸福的日子随着建文的创业失败而破碎。

3

一颗巨石砸入池塘中，掀起阵阵涟漪，待涟漪一圈圈散开，一切又恢复了原有的安静。

每天做好早餐，等两个孙女醒来，给她们洗漱完，吃完早餐，丰顺婶就带着她们下楼去玩，左手牵一个，右手抱一个。

出租屋附近有一个公园，丰顺婶常带着孩子来这里玩。公园不远处是一所幼儿园，阵阵嬉戏读书声不时漫溢而出。课间十分钟，幼儿园的小朋友潮水般涌到园内的游乐场追逐嬉戏。

兰兰趴在幼儿园外的栏杆旁，透过栏杆的缝隙，目不转睛地看着园内与她同龄的小朋友嬉戏追逐。兰兰的一举一动丰顺婶都看在眼底，孙女渴望的眼神让她心疼。

长期的营养不良，让兰兰的身体要比同龄人瘦小许多。环环相扣的铁栏杆有巴掌大的空当。看着园内的小朋友在老师的看护下从两米高的滑滑梯上兴奋地滑下来，她忽然侧着身子钻了进去。刹那间，一个穿着花裤子的男孩忽然大声叫喊起来："老师，有人跑进我们学校来了。老师，她不是我们这里的学生。"小朋友们立刻围了过来，跟着大声起哄道："出去，快出去！"

上课的铃声响了起来，小朋友们立刻涌入教室，适才热闹的游乐场复又变得安静起来。一个戴眼镜的女老师满脸笑容地走过来，兰兰害怕地往后退。老师牵着兰兰的手，把她带到丰顺婶身边。

"几岁啦？下学期来这里上学。"戴眼镜的老师说道。

抱着悠悠的丰顺婶尴尬地笑着，不知如何回答。

"奶奶，我什么时候可以上学呀？"回去的路上，兰兰抬头，忽闪着眼睛问道。

面对兰兰的问题，丰顺婶一时竟无语凝噎。行走至一棵榕树下，阳光透过叶的缝隙落在丰顺婶身上，斜射进她眼底。丰顺婶忽然眼角就溢出一滴泪来。丰顺婶停住脚步，微微抬头，眼泪似乎止住了。

"奶奶，我要上学，我要上学！"见丰顺婶不吭声，兰兰拽着她的手，使劲摇晃着说道。"奶奶下半年就带你去幼儿园报名。"丰顺婶抱着小孙女悠悠蹲下身说道。"不要下半年，我要现在就去！"兰兰忽然蹲在地上大哭起来。丰顺婶赶紧从裤兜里掏出五块钱递到兰兰手里，兰兰拿着钱，哭声渐弱。在附近的美宜佳超市买了棒棒糖和小玩具的兰兰似乎忘记了适才哭嚷着要上学的事。

回到窄小的出租屋，回想着适才兰兰撕心裂肺哭泣的一幕，丰顺婶的心久久不能平静下来。透过锈迹斑斑的窗棂，她看见几个与兰兰年龄相仿的孩子在父母的护送下离开幼儿园。

自从儿子和儿媳消失后，丰顺婶和老伴把原先两室一厅的房子退了，重新租了一个一室一厅的房子。她带着两个孙女睡在里屋的床上，老伴则睡在客厅的简易床上。床是两条长凳外加五块木板铺就的。长凳和木板是她那天经过楼下的垃圾站淘回来的。

日子过得紧巴巴的，一分钱要掰碎来用。租房和水电一个月下来三百，只剩下五百生活费。丰顺婶时常趁两个孙女熟睡后，拿个蛇皮袋下楼走街串巷去捡破烂。

暮色四合，一只鸟在半空中盘旋了一阵，而后迅疾钻入树叶密集的枝丫里，那里有它的窝。梧桐树就在窗户不远处，清晨时常会发出阵阵悦耳的鸣叫声。老伴拖着疲惫的身子回到家，就着剩饭剩菜喝了一杯散装的白酒，苍白的脸顿时变得通红。老伴喝酒的那会儿，丰顺婶叮嘱他看管好孙女，而后拿着塑料袋，戴着手套下了楼，浓浓的夜色将她淹没。

绕着整个工业区转一圈下来已是深夜，清凉的月光洒落在地，眼前的事物涂抹上了一层朦胧的色彩。丰顺婶满载而归，偌大的蛇皮袋里装满了矿泉水瓶、易拉罐和破旧的鞋子。一圈下来，运气好时能挣个三十多。气喘吁吁地回到家里，老伴和两个孙女已熟睡。次日她用卖废品换来的钱去集市上买来半斤排骨和一块冬瓜，做冬瓜炖排骨，给两个孙女解馋。

一次晚上去捡破烂，行至一个灯光微弱的工地上，丰顺婶看到一堆废弃的纸壳。她兴奋地走过去，正要弯腰捡起来，一阵剧烈的犬吠声迅疾传来。丰顺婶转身欲把随身携带的木棍举起来，作恐吓状，不料狗转眼间就扑到了她身上，在她后腿留下一个血肉模糊的牙印。守工地的人误以为是谁在偷钢筋，近身一看却见是一个捡破烂的妇女，立刻喝止了咆哮的狗。

一想到打狂犬疫苗需要好几百的费用，丰顺婶就禁不住哽咽起来。夜色加深了她内心的悲伤。安静的夜里，荒凉凌乱的工地上，她忽然哭起来。哭声顿时让守工地的老人慌了。老人打开灯，昏黄的灯光照亮了周遭的一草一木，眼前是一张沟壑纵横的脸。

丰顺婶把这些年的遭遇详细地告诉了对方。老人认真地倾听着。他是一个好的倾听者，很少插话。任由她自顾自地深陷在过往的回忆里。临走时，老人塞给丰顺婶三百块钱，两百是打狂犬疫苗的，剩余的一百算是给她两个孙女买点水果饮料。

丰顺婶没有去打狂犬疫苗，凭借着记忆中的老药方去药店开了几服草药煎。她把省下来的钱去母婴店买了两罐奶粉。抱着奶粉，她心底满是欢喜。小孙女悠悠已大半年没吃奶粉，吃的都是她熬制的米糊。

丰顺婶精打细算地过着日子。悠悠拉了一裤子的屎尿。沾满屎尿的裤子扔在一旁不到两分钟，被一条黄狗叼走跑了。她见状，顺手拿起一根棍子迅速追下去。追了两条街，她才把裤子捡回来。裤子已被黄狗撕破一条口子，她洗净，晒干，昏黄的灯光下，拿着针线又缝缝补补起来。悠悠只有两条裤子穿，这条裤子是她捡破烂赚的钱给孩子买的，她舍不得扔掉。

4

一连几天相安无事，丰顺婶以为兰兰把上学的事情忘记了。午后，阳光炽热，悠悠已睡着，丰顺婶提着一桶衣服到六楼的阳台去晾晒。下来时，却不见兰兰的身影。丰顺婶顿时慌了。狭小的房子，一眼就能望到底。她大声喊着，却无回应，越喊心越慌。

丰顺婶匆匆下楼，大声喊着，不停询问路人。苦苦寻觅半个小时依旧无果，她的心提到了嗓子眼，几乎哽咽起来。茫然四顾的刹那，丰顺婶忽然想起什么，迅速往公园旁边的幼儿园跑去，午后的风吹乱了她的鬓发。

远远地，丰顺婶就看见了兰兰的身影。她悬着的心终于落了下来，她匆匆的脚步缓了下来。她蹑手蹑脚地走过去，生怕惊扰了兰兰。她看见兰兰双手紧握着栏杆，正津津有味地望着幼儿园里嬉戏玩耍的小朋友。随着铃声响起，适才喧闹的操场立刻变得寂静起来。孩子们纷纷涌入教室里，里面很快传来阵阵欢快的朗读声。兰兰一脸渴望地站在那里，深陷其中，仿佛置身于另外一个世界。

兰兰的眼神烙印在她骨子里，到了晚上，那眼神变成了一根根细小锋利的针，刺痛着她。她躺在床上辗转反侧，难以入眠。

丰顺婶没想到命运步步紧逼，几乎要把她推到悬崖边时，一缕阳光闪入她的眼底。一个老乡得知丰顺婶的情况后，建议她去社区服务中心求助一下。次日上午，丰顺婶带着兰兰和悠悠忐忑地站在一栋崭新的房子大门前。马路上车流密集，犹豫许久，丰顺婶鼓起勇气走了进去。

这是横沥社区服务中心。再次出来时已近午后，阳光落在丰顺婶身上，她蓦然感到一股别样的温暖。他们让她回去等消息，说一定会竭尽全力帮她们找到一个好心人资助两个孩子上学。

回去后，丰顺婶时刻把手机放在裤兜里。有时裤兜装不下，她就放在桌子上。手机的细微声响时刻牵动着心底的那根弦。那日午后，她正陪着两个孙女午睡，枕边的手机忽然剧烈震动起来。她心底一惊，迅速摸过手机，一接听却是一个推销电话。

时光一天天流逝，丰顺婶那颗炽热滚烫的心慢慢凉了下来。

一个月后，当丰顺婶快忘记此事时，手机却响了起来。电话里丰顺婶得知南城一个姓王的老板了解她的具体情况后，愿意无偿资助兰兰上学。放下电话，看着两个熟睡中的孩子，她禁不住笑了起来。"终于可以上学了。"她喃喃自语，不停地念叨着。

为了省钱，丰顺婶没有选择让孙女坐校车往返学校。学校距离租住的地方步行需要四十分钟，需要穿越三个红绿灯。清晨，夜色还未完全褪去，她就起床做早餐，坚持每天步行送兰兰到学校，快放学时又抱着悠悠来接她。酷热的夏季，放学后，太阳依旧毒辣，一路和兰兰走回家已是大汗淋漓。深冬时节，刺骨的寒风吹在脸上，整个人仿佛掉进了冰窖里。疾步快走了十几分钟，身体慢慢热了起来。日复一日年复一年，步行锻炼了兰兰的体质，她很少感冒生病。

那天丰顺婶气喘吁吁地跑到校门口时，兰兰蹲在不远处的一个角落里，学校此刻空荡荡的。兰兰红肿着眼睛，沉默不语。丰顺婶牵着她的手走在回家的路上。路上车流密集，马路边的各式摊贩正如火如荼地忙碌着。

"奶奶，怎么每次开家长会都是你来啊。有同学偷偷在背后议论，说我是没有爹妈的孩子。"兰兰嘟着嘴说道。

"奶奶，她们都说我家是学校最穷的，穷得连坐校车的钱都没有。"兰兰说着忽然哽咽起来。

丰顺婶的脚步忽然停了下来，怔怔地站在那里。兰兰的话深深刺痛了她。心底的那根刺被狠狠地拔了出来，转瞬又插了进去，鲜血淋漓。

回到家，兰兰吞吞吐吐地说："奶奶，后天晚上七点半学校要开家长会。""奶奶一定准时参加。"丰顺婶笑着说。兰兰却嗫嚅着嘴，许久，她拽着丰顺婶的衣角，恳求地说道："奶奶，可不可以让黄阿姨帮我去开家长会？"

黄阿姨是社区服务中心那位帮她们联系资助好心人的工作人员，长久的联系下，已与她们成为朋友。

昏黄的灯光映射出丰顺婶沟壑纵横的脸，她一下子意识到孩子长大了。她笑着答应了孩子，心底却五味杂陈。

5

那些撕裂的伤口流出鲜红的血，在时光的暴晒下变成了暗灰色。2018 年，兰兰上初一后，狭小的出租屋一下子变得寂静宽敞起来。

久久凝视着墙壁上贴满的奖状和照片，丰顺婶禁不住一阵唏嘘。那段艰难的日子似乎渐行渐远。

兰兰住校后，丰顺婶空余的时间变得多起来。初来异乡时，她四十八岁，转眼多年过去，她已年近七旬。她托人从附近的工厂领来一些手工活做，串珠子、打纽扣，一天下来能挣三四十块钱。夕阳的余晖透过窗棂映射在脸上，放下手工活，她慢慢直起腰，直感到浑身酸痛。

苦尽甘来意味着沉重的过去和甘甜的当下。

两年后，兰兰升入初三。那天晚上，夜色渐深，兰兰背着书包回来，一进门就忧心忡忡地对她说没有父母的暂住证就不能在这里参加中考的事。

"暂住证"三个字无声地提醒着她的处境。消失多年的儿子和儿媳一直是家里话题的禁区。丰顺婶几乎从未向两个孙女谈论过儿子儿媳的最终去向。

丰顺婶掏出手机，拨打那个电话，一连拨打了许多次，那边却是阵阵忙音，不时提示她拨打的是空号。

"我们回老家吧。"老伴说道。

"回去了靠什么活？"丰顺婶哽咽道。

祖上传下来的老屋已落满灰尘。老伴工作了多年的工厂已倒闭，村委会看年近七旬的他们不易，聘请他继续看管仓库，月薪一千五。许多个夜晚辗转反侧，屋外的一盏盏灯火明亮温馨，却没有一盏是属于他们的。

几天后，收拾好行囊，久久回望了一眼窄小的出租屋，丰顺婶和老伴带着两个孙女踏上了归途。

到家已近黄昏，熟悉而陌生，陌生而又熟悉。无人居住的老屋落满灰尘，密集的蜘蛛网上，几只倒挂的蜘蛛听见脚步声迅速隐藏起来。老屋阴暗潮湿，一股霉味弥漫在空气里，激荡而起的灰尘在半空中久久飘荡着，而后缓缓落下。

电路老化，整个屋子陷入一片黑暗之中。丰顺婶手持着一盏烛火，走到每个房间不停地清扫擦拭着。清扫完整个屋子，已是深夜，两个孙女已经进入梦乡。

丰顺婶静静地坐在烛火氤氲出的那片光晕里，脑海里全是许多年前的一幕幕。夜风吹拂，湿气从大地深处升上来，透过窗户照射在她脸上的月光，好像也湿淋淋的。

同样是没电的夜晚，多年前他们一家人躺在床上讲故事。相同的场景，却已是几十年之隔，眼前的一切弥散着一股苍凉的味道。

丰顺婶的目光投向床铺的位置，儿子熟悉的身影不由得浮现在她脑海里。她时刻在期待着他的归来。

疾病的飓风不时来袭，每个人都充当着守灯者的角色。当肉身的灯盏摇摇欲灭，精神的灯盏却长久地亮起来，在时光的河流里释放出耀眼的光芒。

丰顺婶忽然想起许多年前的那个夜晚，一盏烛火彻夜陪伴着她患食道癌的父亲。深夜，一阵清凉的风透过窗户吹来，案上的烛火左右摇曳着，最终走向熄灭，亦如她父亲的生命。她母亲让她多陪陪行将就木的父亲。那段时间，远嫁的她回到故乡，每日守在父亲旁，守候着那盏灯。

屋外凉风习习，苍白的月光洒落大地。夜风透过窗格子灌入房子。案上的烛火摇曳着，在墙壁上划下左右摇摆的影子。她坐在紧挨着床沿的旧板凳上有一搭没一搭地跟父亲聊天。父亲偶尔回应她一声。更多时候他们沉默不语，只听见风在屋外四处游荡的声音。一团无法逾越的沉默横亘在他们之间。

屋外的风越来越大，风肆无忌惮地敲打着门窗，案上的烛火左右摇摆得更厉害。她走过去，用一块纸木板遮挡风的侵袭。由窗灌入房间的风让房间里沉闷的空气变得清新起来。

重新回到旧板凳前坐下的刹那，风如潮水般转了个方向涌过来，案上的烛火瞬间熄灭，屋子顿时陷入浓如墨汁般的黑夜里。她疾步上前，掏出打火机，重新点亮烛火。漆黑隐遁而去，昏黄的灯光又照亮了屋子，映照出她父亲沟壑纵横、颧骨突出的脸。

"风太大了，要不把窗户关了吧。"她征求父亲的意见。

"关上吧，留一道缝就可以。"父亲起初没吭声，许久，他才发出微弱的声音。

窗关了，左右摇曳的烛火变得安静起来。偶尔透过窗的缝隙钻进来的风吹过来，烛火只轻微摇曳着。

白炽灯光太刺眼，她父亲喜欢在暗房里点燃一盏烛火。烛火一边，无边的黑夜包裹着他，他仿佛就陷入了死亡的深渊里，嘴里发出叽里咕噜的声音，震颤着。

灯在，人就在。她父亲行将就木的那段时间，她整天守着那盏灯。那段经历让她对烛火有着别样的情感。父亲去世后，她也常会在他住过的那间空荡荡的房里点燃一盏烛火。

现在，她生命的灯盏也在风中左右摇曳着，随时有熄灭的危险。灯与火是人的避难所，更是通向彼岸的引路者。儿子是她生命的灯盏，却突然消失了，她只能用尽一生的力量来守护两个孙女生命的灯盏，让家族的血脉更好地延续下去。

6

灯与火形影不离。灯是盛放火种的器皿，安放自己的肉身和心灵。火的出现，消解了人对黑夜的恐惧，黑夜中那些模糊神秘的事物在火的映照下面目清晰。

深夜，千里之外，建文置身于灯光之下，内心却一片漆黑，满是恐慌。他久久凝视着两个女儿的照片，陷入长久的沉默中。过往不堪的记忆不时浮现在脑海里，让他如鲠在喉。白天他忙于工作时，一切仿佛隐遁而去，当夜幕降临时，他回到逼仄的出租屋，昏黄的灯光下，独坐在床沿，往事又纷纷涌现在脑海里。

妻离子散，十多年前那个晨曦洒落大地的清晨，建文背着简单的行囊一路辗转颠簸逃到了云南边境。隐姓埋名，他感觉自己是一个逃兵，一个有罪的逃兵。在两个年幼的女儿急需抚养和照顾、年迈的父母需要孝顺时，他却选择了逃离。

建文最终在云南腾冲这个紧挨着越南的边境城市安定下来。他误打误撞地进了一家小型的灯饰厂。

灯在建文生命里充满隐喻气息。一盏盏做工精致散发着不同光芒的灯从他手里头经过，流向千家万户。他每天与灯接触，心底的那盏灯却一直熄灭着，一片昏暗。

建文更换了手机和号码。父母的电话早已镌刻在骨子里，他张口就能背出来，但他们的容颜却慢慢在他面前变得模糊。女儿和父母的模样还是停留在多年前。他感觉自己如一个笨拙的刻舟求剑者，时光之舟在金光闪闪的河流里疾速前行，他的记忆却始终停留在多年前的那个清晨。他记得当初离开时，母亲还是满头黑发，这么多年过去，母亲已是满头白发。他把母亲头像的照片截屏保存在自己的相册里，却迟迟不敢添加微信。一有空隙，他就把照片翻出来细细打量。

许多个黄昏和深夜，寂静的房间里，建文掏出手机，欲拨打那个烂熟于心的电话，拿起又放下，犹豫再三，最终还是放下。他站立窗前，静静地凝视着苍茫的夜色，一盏盏在夜风中摇曳的灯火在他生命的河流上空闪烁着。

建文曾想一走了之，做永远的逃兵，在这里重新娶妻生子，翻开新的一页。当他撒腿欲跑的那刻，无形的绳索捆绑着他，他无法迈开脚步。

这些年，他省吃俭用存下了不少钱，这些积蓄是他准备用来还债的。外债易还，但这些年欠下父母和女儿的情感的债却永远也无法偿还。他感觉自己是有罪的人。这十多年，他深陷在一座无形的牢狱中。如今，像一个刑满释放的人，他终于要走出这牢狱，却无所适从。默默地抽了近半包烟，烟雾弥漫整个屋子，建文摁灭灯，躺在床上，辗转反侧，难以入眠。

暗夜里，他忽然起身下床，从抽屉里掏出那根蜡烛，小心翼翼点上。夜风透过窗的缝隙袭来，烛火左右晃动，在墙壁上留下一个个斑驳的暗影。他静静地坐在这左右摇曳的灯火下，往事的潮水瞬间把他淹没，父母和女儿的身影再次清晰地浮现在他脑海里。

　　抽完最后一根烟，他忽然起身提起早已准备好的行囊，摁灭灯，推开门，踏入了苍茫的夜色中。

息壤

1

在巴掌大的故乡，很少有人知道玉秀姐在外面做育婴师。在村里人眼里育婴师就是给别人带孩子的保姆，她不想让人知道。

此刻，玉秀姐坐在我面前，她沉浸在这些年做育婴师的回忆中，讲到动情处，禁不住流下泪来。

2018年那个盛夏深深镌刻在玉秀的脑海里。酷暑时节，屋外烈日高悬热浪翻滚，午睡醒来的她坐在床沿凝望着窗外的那棵榕树。残存的睡意还浮在脸上，她起身去洗漱台洗了一把脸。清凉的水敷在脸上，丝丝凉意透过肌肤传递到身体的每个角落。她的身子禁不住微微颤抖，适才残存的睡意顿时消失得无影无踪。

刚从上一个雇主家下单，一下子从忙碌紧张的生活节奏里抽离出来，玉秀有些不适应。玉秀是育婴师，她在不同的家庭辗转颠簸着，在不同的孩子间流转。

　　玉秀正准备出门去附近的家乐福超市买东西，手机忽然响了起来。

　　"阿秀，你快过来应聘下这个雇主，他很挑剔，一连面试了五六个阿姨都没看上。"家政公司的老板娘刘姐打来电话。

　　二十分钟后，玉秀抵达家政公司门口。刚下车，刘姐疾步走到她身边，悄悄对她说道："月薪六千五，你去面试应该没问题。"

　　彼时，育婴师的工资普遍在五千元。

　　雇主是一个穿着讲究的"90后"，戴着无框眼镜。玉秀拉开玻璃门进去的刹那，雇主用犀利的眼神扫了她一下，转瞬便露出礼节性的微笑，示意她坐下。

　　雇主显然是有备而来，详细问了她一些专业性的问题，她都对答如流。刘姐的预判很准确。十分钟后，雇主看上了她。玉秀皮肤白皙，着装干净整洁，谈吐也很不错。

　　次日午后，玉秀来到了雇主家。进门的那一刻，看着装修考究的房子，她很惊讶。这是一栋三四百平方米的房子，宽敞的客厅就占据了近一百平方米，门口的车库里停着保时捷、宝马、路虎三辆豪车。她深吸了一口气。她平常服务的雇主都是工薪阶层，一家五口人挤在一百平方米的房子里。

玉秀好奇地打量着眼前这栋房子。女雇主把玉秀领进一个宽敞的房间。"以后你就带着宝宝住这个房间。"女雇主说道。玉秀放下行李，细细打量着。女雇主走到门口，忽然转身对玉秀说："阿姨，我在你的房间安装了监控，你没意见吧？这样晚上我看孩子方便一点。"

玉秀怔怔地站在原地，愣了几秒钟，点头说没事。随后才发现，客厅、阳台和她睡的房间里都安装了监控，她的一举一动都被监视着。

次日，孩子牛牛安静地躺在椅子里咿呀学语时，玉秀转身去了趟洗手间，出来时见牛牛正在哭闹，迅疾抱了起来。女雇主见状，厉声制止了她，指了指不远处的消毒液。玉秀心底一惊，忙解释说已经洗干净了。女雇主让她去房间里换一套干净衣服再抱小孩。玉秀急忙走过去用消毒液把手擦拭了一遍，转身进了房间。房门紧闭，坐在床沿，一阵委屈涌上心头。玉秀是有点洁癖的人，没想到了这里却遭受这样严格的管控。

几分钟后，女雇主拿着一张 A4 纸递给玉秀。玉秀疑惑地接过来，定睛一看，只见纸上写着十条卫生注意事项：每天带小孩出去溜达回来，必须给孩子洗澡，换一身干净的衣服，并用消毒液擦拭双手。每次做完饭，必须换衣服才能抱孩子。房间里必须一尘不染，等等。她一条条记在心底，直至烂熟于心。这里看似宽敞自由，却有无形的绳索束缚在身，压抑的感觉一点点淤积起来，堵塞在胸，令她呼吸困难。

玉秀脑海里时常冒出逃离的念头。赶快逃离吧，脑海里的那个声音不停地催促她。玉秀使劲地甩了甩头，声音暂时消失，不一会儿又冒了出来。她打电话给家政公司的老板娘刘姐诉苦，刘姐安慰她做这个行业就必须受得住委屈。

玉秀每天像一个陀螺般飞速旋转着。小孩一整天的吃喝拉撒都由她负责。白天，女雇主把母乳用吸奶器吸出来，放在冰箱里冷冻。深夜，小宝宝醒了，需要喝奶了，她就把母乳解冻，热一下装进奶瓶里，再给孩子吃。一整个晚上，牛牛醒来两三次。她时常处于浅睡眠状态。牛牛的一举一动都牵动着她心底的那根弦。牛牛哭闹着从睡梦中惊醒，她见状，迅速把孩子抱在怀里，下床来回踱步，直至孩子睡沉了，才小心翼翼地放下。

一整个晚上，玉秀只能睡两三个小时，只好趁孩子午睡时补觉。玉秀的职责是带好牛牛，负责孩子的饮食起居。除了男雇主和女雇主的房间是禁区，剩余的地方她每天都需要打扫一遍。

牛牛的爷爷奶奶住在对面那栋三百多平方米的房子里，隔门相望。一个与玉秀年龄相仿的张姓阿姨负责打扫卫生和做饭。张阿姨比玉秀大三岁，湖南人，玉秀称呼她张姐。

每天早上七点多起来，洗漱完，给牛牛喂完奶，把牛牛放在客厅的躺椅里，她就开始忙碌起来。偌大的房子，她需要拖两遍地。她手持沾满清洗液的拖把来回拖着，一圈下来已腰酸背痛。拖完第一遍，地面还有些打滑，走在地上容易摔倒，她又拖第二遍，直至屋子里的地板光可照人，她才停下来喘息片刻。拖完地，她又忙着给孩子准备婴儿餐。

每个角落的监控卫兵般时刻监视着一切，玉秀不敢私下闲聊。即使有细小的委屈也是憋在心底，玉秀哑巴般长久地沉默着。心底憋得慌时，玉秀就推着孩子来到小区的游乐场溜达。星期一至星期五，这里集聚了许多带小孩的老人。别的育婴师聚在一起聊天，通常会议论各自雇主的好与坏。玉秀从不议论，别人问起，她总是满嘴称赞说好。玉秀清晰地记得那十条规则上写着不允许在外议论雇主家的是非。

玉秀每日处于紧绷状态，她是身经百战的战士，但是到了这里却像一个刚上战场的新兵。只有进了房间，面对怀里胖嘟嘟的可爱的牛牛，她紧绷的神经才会松弛下来。牛牛不时朝她露出笑脸，胖乎乎的小手紧拽着她的衣角。没有人比她更爱孩子，她有着独特的孩子情结。

在即将撑不住的时候，她捡到一本笔记本。

那个阴雨连绵的黄昏，她打扫卫生时，无意间从床底下扫出一本落满灰尘的笔记本。随意翻看了一页，迅速被本子上娟秀的文字吸引。翻看了几页，她意识到什么，心底一惊，迅速把笔记本塞入抽屉里。转身看见摄像头没有对准自己，忐忑的心才落了下来。

笔记本无形中拉近了玉秀和女雇主的距离。玉秀没想到雇主这么年轻，却已在生育之门徘徊了多年。三年自然受孕无果，经历过两次试管婴儿失败后，最后一次试管才成功生下牛牛。她慢慢理解雇主为何对孩子的卫生健康如此看重。曾经高冷无比的女雇主此刻在她眼里变得亲近起来。很快，她把笔记本放回原处。这本记载着女雇主内心隐秘的笔记本仿佛一个定时炸弹，只有离得远远的，玉秀才感到心安。只是笔记本如一个巨大的磁铁般时刻吸引着玉秀。玉秀担心哪天女雇主发现笔记本有被她翻动过的痕迹，她就有随时被扫地出门的风险。在这栋富丽堂皇的房子里，玉秀必须小心翼翼才能留下来。

笔记本带着神奇的魔力，让神经紧绷的玉秀变得松弛下来。笔记本如一根定海神针，慢慢让她安定下来。

2

2022 年，一转眼玉秀已在这个雇主家待了五年。当初还在襁褓里的牛牛已长成活泼可爱的小男子汉。五岁的牛牛与她形影不离，去哪里都要跟着。玉秀带着牛牛去附近的公园爬山，爬累了，牛牛要玉秀背。一旁的人见了，笑着说，这么大了还要你妈妈背呀？妈妈两个字落在玉秀心里，空气仿佛凝固了。"我就要我妈妈背，怎么啦？"牛牛的话让玉秀又惊又喜。

晚上睡觉时，牛牛一定要枕着玉秀的胳膊，让她怀抱着才安心入睡。玉秀记得牛牛四岁时，女雇主收拾好了一个小房间，准备培养他独立睡眠。夜幕降临，时针指在九的位置时，女雇主把牛牛带到小房间。牛牛咬着唇，双眼通红，用求救的目光看着玉秀。玉秀迅速扭过身去，牛牛的眼神刺疼了她。女雇主把牛牛带进房间，摁灭灯，哄他睡觉。见牛牛睡着，女雇主迅速退出房间。不料牛牛是假睡，偷偷又跑到了玉秀的房间。女雇主生气地再次把牛牛推进房间，摁灭灯，索性搬来一个凳子，坐在了门口。"我要和秀姨睡，快开门。"房内传来撕心裂肺的哭泣声，声音敲击着玉秀的胸膛。女雇主面色铁青地坐在门口，不为所动。哭声渐渐弱了下去，女雇主再次推开门时，牛牛已睡着，脸上挂着泪痕。

玉秀躺在床上却难以入睡，她的心在牛牛身上。一直到很晚，她才迷迷糊糊地睡去。半夜，身旁响起一阵细微的响声，玉秀睁眼一看，见牛牛泪眼蒙眬地爬上来，紧抱着她。温热的泪水滴在玉秀身上，玉秀心疼地抱着牛牛，安抚他不要哭。

哭声渐止，牛牛缓缓沉入梦乡。看着牛牛熟睡的面容，玉秀却陷入不安中。次日醒来，女雇主走进小房间不见牛牛的身影，转身疾步推开玉秀的房门，见牛牛正酣睡着。女雇主面色铁青地站在门口。

"到底谁是妈妈？"女雇主进屋叹息着说道。从走廊经过的玉秀听了心底一咯噔。

"听秀姨的，今晚开始去小房间睡。"玉秀看着牛牛说道。

"我怕，秀姨，我要跟你睡。"牛牛小声说。

"不要怕，牛牛是小男子汉了，最勇敢了。要是不去那里睡，秀姨就不在这里做了，回老家了。"玉秀说道。

"千万别离开我家，秀姨，我听你的，今晚就自己睡。"牛牛眼睛里都闪着泪光了。

这晚，在玉秀的不断安抚和劝说下，牛牛终于愿意去小房间睡。

经此一事，玉秀才发现牛牛对自己有多依赖。她喜忧参半，喜的是这些年对孩子的爱没有白费，忧的是女雇主忧伤而愤怒的神情。在牛牛面前，她的存在显然是有些喧宾夺主的意味了。

一次接牛牛放学回来，玉秀感到有些热，便脱下外套放在一旁。牛牛见了，嘴里咿咿呀呀唱着进了卧室，再次出来时手里拿着一件衣服，对她说道："秀姨，穿上衣服，别感冒了。"她听了，内心被一股暖流紧紧包裹着。

一种幻觉不经意就冒出来，压都压不住，玉秀常觉得牛牛就是她的孩子。这个想法冒出的那一刻，玉秀使劲地摇头，试图把这些想法甩出去。像是在捉迷藏，这种想法在不同的场合经常跳出来朝她做鬼脸，她欲把它逮住，它却躲到了别的地方。这种想法出现的频率越来越高，危险的气息就越来越浓厚。

2022 年年底，空气中弥漫着浓郁的年味。腊月二十八的清晨，她收拾好行李踏上了通往四川老家的火车。临行前的那一刻，牛牛把一张小纸条递到她手里，叮嘱她上车了再看。

女雇主安排家里的司机把她送到火车站。牛牛哭闹着要送她到火车站，女雇主不愿意，牛牛躺在地上大闹，女雇主无奈，只好同意他前往。

下了车，她背着行李进站的那一刻，牛牛一直在朝她挥手告别。上火车，坐稳，她从裤兜里掏出牛牛递给她的纸条，徐徐展开。火车呼啸着疾速在大地上奔驰起来。

"妈妈，早点回来，我想你。"看着歪歪扭扭的字体，她眼眶禁不住湿润起来。回到家还没五天，大年初二的深夜，她忽然接到雇主家的电话。

"秀姨，你什么时候回来，我好想你。"牛牛在电话那边哭泣着喊道。

"秀姨，要不你明天回来吧？"牛牛近乎恳求地说道。

玉秀不敢吭声。电话那边沉默了一会儿。

"秀姐，要不你早点回来吧。牛牛整天找你。"女雇主说道。

见雇主开口了，放下电话，玉秀才开始收拾行李。次日，玉秀辞别家人，连夜坐火车回到了东莞。走进小区，推开家门，牛牛看到她的那一刻，迅疾跑过来，一把抱住了她。她赶忙放下牛牛，进屋换了一件衣服，用消毒液擦拭了一下手，才敢跟他接触。一旁的女雇主用复杂的眼神看着他们亲昵的样子。牛牛的热情和想念让玉秀感动，但雇主别样的眼神却让她芒刺在背。

"自己生的孩子却跟保姆最亲，唉。"

"秀姐一天到晚都带着牛牛呢，这个你就不要吃醋了。"

深夜，清冷的月光下，在阳台上晾完衣服，回房间时，玉秀隐约听到雇主的议论。瑟缩着脚步回到房间，轻轻躺下，细细咀嚼着刚才那两句话，心底的担忧愈加严重起来。自那日起，玉秀总是有意无意地让牛牛和他妈妈多待一些时间，给他们制造更多相处的机会。玉秀把牛牛推到女雇主的身边，牛牛却抗拒地跑了回来。

年底，女雇主怀上了二胎。带娃之余，玉秀无微不至地照顾着女雇主。那天黄昏，暮色降临，女雇主忽然笑着对玉秀说："秀姐，等我生了二胎，你继续帮我带。"她听了心底一阵温暖，连连说好。一整个晚上，她的心是欢愉的，调整了许久，才渐渐平静下来。

临近预产期，女雇主住进了广州一家私立医院。几天后，生下一个可爱的男婴。产后，女雇主住进了几个月前预订好的一家专业月子中心，二十八天，护理费用十三万元，两个医生和两个月嫂二十四小时照顾。

十三万，是她近两年的工资。

一个细雨连绵的中午，坐完月子的女雇主回到了家里。男雇主进屋抱了一会儿小孩，出来时把她叫到身边，轻声说道："秀姐，二宝以后也让你带，辛苦你了。"

五年过去，育婴师的行情已发生了很大的变化，当初普遍的月薪五千已经涨到一万多。

"老板，我来这里五年了，现在带二宝，二宝刚满月，您看可不可以适当增加一些工资。外面请一个月嫂也要一万多。"玉秀忐忑地说道。

"加工资的事，我得跟我爱人商量一下。"男雇主礼貌地说道。

一连多日，男雇主没有主动跟玉秀提工资的事。玉秀几次欲开口，话到嘴边还是咽了回去。二宝难带，每晚醒来四五次，一整夜下来，她疲惫不堪。

连续九天的带娃，长期的睡眠不足让玉秀的喉咙有些沙哑。那天刚起床不久，牛牛拿着一瓶止咳糖浆，递到她手里。

"秀姨，喝这个就不咳嗽了。"牛牛一脸稚气地说道。她疲惫的心顿时被一股暖流充盈着。

一个清晨，玉秀正在晾衣服，见男雇主拿着一个厚厚的信封在客厅里来回踱步，一种不祥的预感在心里弥漫开来。

"秀姐，你过来一下，有点事要跟你谈。"

她一脸狐疑地走过去，心跳加速起来。

"秀姐，我跟我老婆商量了一下，决定重新请一个保姆来。这些年您辛苦了，这是给您的奖金。"

玉秀没有等来加薪的好消息，等来的却是扫地出门。面对这突如其来的一幕，她怔怔地站了一会儿，喧闹的世界顿时静得可怕，她深陷其中，苦苦挣扎。

玉秀下意识地说了声好，而后转身进屋收拾东西。玉秀的心几乎跳到了嗓子眼，眼泪不争气地流了下来。许久，收拾完属于自己的东西，她提着行李包裹推开房门走到大厅。

"老板娘，我的行李收拾好了，您看要不要检查一下。"玉秀说道。

"不用了。"女雇主抱着二宝在客厅里来回踱步。

见男雇主从洗手间出来，玉秀又说道："老板，你看我的行李要不要检查一下。"

"不用。"男雇主说道。

空气顿时凝固起来。

"秀姐，我们就不送你了。"老板娘说道。尴尬蔓延，他们恨不得她迅速离开。她提着行李疾步往外走去。

刚走到小区门口，见牛牛背着书包一蹦一跳地回来。

"秀姨，你要去哪里？"牛牛大声喊道。

"秀姨要回家一趟。"她温和地说。

"回家怎么带那么多行李？秀姨，你是不是不回来了？"牛牛跑过来，拽着她的手，欲哭的样子。

"秀姨明天就回来，牛牛听话。"她强忍着眼里的泪水，不让它流出来。

"那我们拉钩上吊，一百年不许变。"牛牛拉着她的手。

玉秀叫他快进去，他一蹦一跳地跑进去。看着牛牛的身影，玉秀的眼泪止不住地流了下来。

坐在回家的车上，她的魂魄仿佛抽离了肉身。

半小时后，回到住处，她呆呆地坐在床沿，心仿佛掉入冰窖里，脑海里满是牛牛的身影。

玉秀想着还能在雇主家再做五年，那时候牛牛也就长大了。没想到这么快就被扫地出门，没有任何征兆。她越想越觉得悲凉，阵阵寒意袭来，瞬间把她淹没。

玉秀越想越心寒，欲讨要一个说法。下午两点，她拨了女雇主的电话。那边却始终无人接听。放下电话，心底的那股寒意愈加浓起来。十五分钟后，躺在床上昏昏欲睡的她忽然被急促的手机铃声惊醒过来。她一骨碌从床上爬起来，坐在窗前的塑料凳子上，而后摁下了接听键。

"秀姐，你找我有什么事情吗？"

"老板娘，你们这样突然把我辞退，我很心寒。是我做错了什么事情吗？"

"秀姐，你在我家这五年做得很好，我是考虑到你身体，才这样决定的。这五年，我对你也不错，工资都是按时发放的，从来没有拖欠你的工资。"

"我在你家做了五年，你没有预兆地把我辞退，按道理应该赔五个月的工资。"听到"工资"二字，她气得青筋暴露。

"我们已经赔了一万给你，我咨询过了，这些都是合理合规的。我知道你舍不得孩子，今天牛牛还在四处找你。"

听到牛牛四处找她，适才那颗坚硬的心顿时变得柔软起来。玉秀恍惚的瞬间，那边已把电话挂断了。

玉秀怔怔地看着手机，心情跌落到谷底。

"老板娘，我要求你们再赔偿一个月工资。"许久，玉秀发出了一条微信。

十五分钟后，那边转过来六千八。她盯着这钱，五年与孩子相处的点点滴滴涌现在脑海里。半个小时后，她把钱收了。

一切已经结束，一切却又没结束。连续几个晚上，玉秀梦里满是牛牛的身影。半夜醒来，她习惯性地摸一下身旁，却是空的。她顿时变得焦急起来，牛牛呢，半夜跑哪里去了。她急忙往床下看，没发现身影。她沉沉地叹息了一声，转身的瞬间才蓦然发现自己已离开雇主家。

她后悔自己提加工资的事，不然的话就不会离开。她又觉得不只是因为工资，雇主是怕她再待下去，在孩子心里占据的位置越来越重，喧宾夺主了。

3

很少有人知道玉秀内心的隐秘。

子宫是生命萌芽的地方，它在这里生根发芽，茁壮成长。

多年前的深秋时节，环城西路两旁的白兰树开满了白色的花朵，风吹来，洁白的花随风在半空中飞舞，飘落在道路两旁。坐在副驾驶的玉秀沉默不语。半个小时前，从医院的 B 超室出来时，她脸色煞白。"孕十六周，孩子已没胎心，赶紧去做清宫手术。"医生叹息着说道。做了一系列检查，却查不出病因所在。"这次流产是偶然的，概率很小，下次不会了。"妇产科医生耐心地安慰她。

经此一事，玉秀被巨大的阴影笼罩着，她畏惧怀孕。

八个月后，端午节前夕，玉秀忽然干呕，不想吃饭。匆匆跑到药店买来验孕棒一测，两道红线出现在她眼前。玉秀脸上露出久违的笑。"宝宝回来找我们了。"她笑着对她老公海英说道。很快，她又陷入了上次的阴影中。接下来，他们频繁跑医院去检查，每隔几天去医院抽血检测孕酮指数。抽完血，等待结果的时间短暂而漫长。半个小时后，海英忐忑地走到自助打印机旁打印结果。他闭上眼拿到打印出来的结果，而后迅速睁开眼，结果显示孕酮和 HCG 指数翻倍很好，拿着化验单，他掩饰不住内心的喜悦，几乎跳了起来。玉秀看着化验单，她忐忑的心终于舒缓了许多。"早孕初期 HCG 指数二十四小时翻倍很好，说明胚胎发育很好。"医生微笑着看了他们一眼，叫她放宽心，回去好好休息，别太劳累。

一次去中医院产检，等待的过程中，玉秀浑身出虚汗，头发晕。这突如其来的一幕让她倍感恐慌，心仿佛掉入了冰窟窿，眼前顿时一片黑暗。这可怎么办？会不会是不好的预兆？

做 B 超的时间一分一秒靠近，海英有点坐立不安，在窗前走来走去，心底默默祈祷着。玉秀一直坐着没吭声。五分钟后，玉秀走进了 B 超室。海英站在 B 超室门口不敢离开，心几乎跳到了嗓子眼。五分钟过去，十分钟过去，玉秀还没出来。海英觉得自己的心跳越来越快。他低头看了看手机，玉秀进去十五分钟了，再抬头的那一刻，玉秀满脸泪水地出现在他面前。孩子又没了。所有的期望都化为了泡影。

踏进医院大门，走进生殖科门诊室，玉秀时急时缓地向医生叙述着自己的病情和心理，时而叹息一声，语气里满是焦虑和茫然。她把眼前的医生当作了唯一的倾诉对象。这个倾诉对象是安全的，他有着医生的职业道德。

玉秀从没像现在这样渴望一个孩子。结婚前，玉秀曾怀孕一次。第十一周时，她才发现那个一直声称很爱她的男人已经结婚了。她没想到一向在感情上谨慎的自己成了被欺骗的对象。她想留下这个孩子，两个闺蜜劝说她打掉。劝归劝，最终决定权在她的手里。谁的子宫谁做主。权衡再三，她抚摸着腹中的孩子，忍痛打掉了。从医院出来的那一刻，明媚的阳光落在她身上，她却感到一阵寒意。她感觉自己掉进了冰窖里，整个世界坍塌下来。

结婚八年，身边同龄的姐妹都纷纷在朋友圈晒二胎的喜讯，玉秀却依旧在生育路上苦苦挣扎。

每次回家过年，家人的目光都聚焦在玉秀身上。"连个孩子都生不出来。"去年回家过年时她无意中听到的话像一根锋利的针刺在她的心里。晚上，她躺在被窝里暗自神伤。说这句话的人正是她嫂子，她没想到自己帮助过许多的嫂子会说出这么伤人的话。她以为娘家会是温暖的避风港，没想到也成了没有硝烟的战场。

只有在工厂，在繁忙的工作里，她感觉自己的身心才舒展开来，仿佛一条搁浅在岸的鱼回到了河流之中。每天下班后，她不敢回家，不敢面对公公婆婆拉着的那张苦瓜脸。她总是在工厂加班到很晚，拖着疲惫的身子回到家里。这加剧了她与公婆之间的矛盾。"每天这么忙，还怎么调理好身体生孩子？"她听见婆婆在客厅里唉声叹气自言自语。这个年近六旬的老人渴望做奶奶的梦已经做了多年，玉秀没有给她圆梦，把这个梦给深深地打碎了。

在公公婆婆的催促下，他们夫妻去医院生殖科做了系列检查。问题出在玉秀身上，海英没什么问题。中药调理了一段时间，几次自然怀孕未果之后，时光一点点流逝，玉秀感到了绝望，只能选择去做试管婴儿。

家人、亲戚以及朋友的眼神聚焦在她的肚子上，时刻关注着它的隆起。灼热的目光令人窒息。

玉秀总共去了生殖科三次。在服用促排卵药物后，她和海英按时来到了医院。从手术台上下来，她的脸色煞白。这次成功取下来六个质量成熟的卵子。然而天不遂人愿，接下来两次胚胎移植都以失败告终。胚胎移入不满两个月就停止发育了。

两次试管婴儿的失败给了玉秀致命的打击，她开始怀疑这段婚姻存在的意义。她的子宫伤痕累累。面对婆婆的质疑，她决定调理好身体，再试一次，如果还不成功，就选择离婚。

最后一次也以失败告终，玉秀的心凉透了，身体也跟着吃了很大的苦，整个人陷入失望的深渊里。海英一直安慰着她，说没事。海英越说没事，玉秀心底就愈加愧疚。

生育这道门，有的人轻易地跨过去了，有的人却不断地摔倒在地，磕得鼻青脸肿，伤痕累累。玉秀不停地在电脑上翻看纪录片《生门》。看着一个身患心脏病的母亲，不顾家人的劝阻，坚持要把腹中的孩子生下来，最终把自己的命弄丢了，她禁不住流下泪来。让人唏嘘的故事里，她看到自己婚姻的结局。看着路上一个个背着书包上学的孩子，她脑海里就浮现出一个母亲怀胎十月的艰辛与酸楚。生命的河流哗哗流淌的声音不时在她耳畔回荡着，时而轻盈，时而深沉，时而欢快，时而忧伤，却终归是沿着既定的方向汇集到大海里。

一年后，玉秀主动和海英离婚了。只有离开这里，她才能获得新生。每日面对婆婆那张黑脸，她感到压抑。回到家里，她不敢说话，做什么都小心翼翼。因为不能生孩子，她已丧失了说话的底气。她感觉自己如一只终日活在阴暗潮湿洞穴里的鼹鼠，风吹草动都会让她感到心惊胆战。

拿到离婚证的那个夜晚，玉秀坐公交车来到一个废弃的烂尾楼里，歇斯底里地呐喊着，仿佛要把这几年的压抑宣泄出来。清凉的月光照在回家的路上，仿佛洒在她伤口上的洁白的盐。

一次路过曾经的住处，透过车窗的缝隙，玉秀隐约看到前夫海英手抱一个婴儿，后面跟着一个穿着时髦的女人。他们一家三口漫步在夕阳下。

这一幕深深刺痛了玉秀。许多个梦里，玉秀梦见自己和他牵着心爱的孩子漫步在晚霞满天的黄昏的场景。现在，眼前这个身材姣好，长发飘飘的女人替代了她的位置。

玉秀换了手机号码，来到东莞一家手袋厂打工。如一个溺水者，经过短暂的慌乱和恐惧后，她渐渐抓住一旁的救命稻草，浑身湿漉漉地爬上岸来。

在工厂，每到放假，看着大街上一对对夫妻牵着孩子在月光下散步，玉秀的心直感到隐隐的疼。一年后，在一个朋友的介绍下，通过三个月系统的学习和培训，她入职了育婴师行业。

"你这么喜欢孩子，一定会做好。"朋友笑着对她说道。玉秀听了心底一阵酸楚，她渴望又畏惧着。

4

玉秀放不下带了五年的牛牛，心里仿佛有无数条虫子在啃噬她。到了晚上，四周的喧嚣渐渐隐遁而去，寂静慢慢飘浮在夜空里，她觉得胸口堵得慌，仿佛随时有窒息的危险。玉秀放不下这个与她朝夕相处了五年的孩子，点点滴滴的往事浮现在眼前。时常，玉秀会让牛牛爷爷家负责打扫卫生的阿姨拍一个视频给她看。在思念的驱使下，玉秀来到牛牛就读的幼儿园。

时间一分一秒过去，玉秀坐在幼儿园不远处的石凳上静静地看着眼前的一切。五点半一过，幼儿园门口挤满了接送的老人。她夹杂在人群里，远远地就看见牛牛背着那个卡通书包一蹦一跳地走出来。书包是她带着他一起去文具店买的，牛牛一眼就挑中了这个书包。孩子身上的一切都能勾起她的点滴回忆。她想大声喊一句牛牛，话到嘴边却还是咽了下去。她悄悄躲到人群的边缘，看着牛牛在司机的护送下上了车。

汽车启动，在拥挤的车流中缓慢前行。玉秀疾步前行，跟在车后面。转弯的刹那，车忽然停了下来，牛牛透过半打开的窗户，不停地朝她挥手。"秀姨，秀姨，我是牛牛。"牛牛大喊着从车上跑下来。她迅速躲进了一旁的小巷深处。

透过栏杆的缝隙，她看见牛牛四处寻觅着她的身影。

"秀姨，你在哪里？"牛牛哭泣着喊道。

"你快出来啊。"牛牛抹着眼泪茫然四顾。牛牛被司机抱回了车上。

红绿灯闪烁，车疾驰而去。看着车消失在马路的尽头，玉秀适才忐忑而又兴奋的心顿时被一股深深的失落感攫住。

玉秀漫无目的地走在街道上，直至暮色完全降临，才失魂落魄地回到家里。

到家静坐许久，手机铃声忽然响了起来。她心底一惊，是前雇主打来的电话。

"你是怎么回事，牛牛这些日子差不多把你忘记了，你今天又跑到学校去看他，他现在又哭闹着四处找你。你再这样，我就报警了。"玉秀拿着手机，隐约听见手机里传来的阵阵哭泣声。

玉秀正欲说话，电话却挂断了，忙音传进耳里。

夜里，魂魄仿佛抽离了肉身，玉秀漫无目的地游荡在大街上，直至筋疲力尽才回到屋子里。

次日早饭后，玉秀带上水和干粮步行十余里路来到欢欢游乐园。站在游乐园门口，牛牛一蹦一跳的欢快模样就浮现在她脑海里。恍惚中，她看见牛牛在荡秋千，她在后面使劲推，看着他越荡越高，清脆的笑声回荡在半空中。她紧抱着怀中的包独自从蜿蜒的滑滑梯上滑下来，有那么一瞬间，她感觉怀中紧抱着的包变成了牛牛。无数次，她抱着牛牛从高高的滑梯上滑下来，他咯咯大笑的声音回荡在她耳畔。

游乐场空荡荡的，像玉秀空了的心。玉秀孩子一样在游乐场玩了一个上午。她把他们曾一起玩过的游戏重新玩了一遍。玩到最后，她的心被浓浓的忧伤充盈着。

玉秀是在跟过往告别，跟自己告别。她又步行来到了那个公园，她站在那棵半米高的榕树下。一阵风吹来，榕树在风中左右摇摆。两年前的植树节，她带着三岁的牛牛在这里种下这棵榕树。她在树前站立许久，而后轻轻摘下一片树叶转身离开。

几天后，玉秀回到了熟悉而陌生的故乡。这七年来，她只回去过一两次，短暂地停留过两天。村里人异样的目光让她不敢多逗留。即使回去，她也是整天待在屋子里。

站在河岸上，清澈的禾水河依旧哗哗流淌着，它的声音映射出一个村庄的孤独与落寞。几个孩子骑在牛背上缓缓越过一座窄小的石桥。

暮色里，望着干枯的河流和日渐荒芜的稻田，旧时的记忆浮现在她脑海里。稻香弥漫的村庄，月光洒落大地，阵阵蛙鸣响彻天际，年幼的她光着脚丫在田埂上奔跑。一望无垠的稻浪早已成为遥远的回忆，这个温馨而充满诗意的场景成为时光中的一个精神符号。看着眼前荒芜的土地，她忽然想起年幼时听的故事，说有一种土壤叫息壤，可以自己不断生长繁殖膨胀，她渴望自己变成一块息壤，能顽强地生活下去。

"我梦见牛牛在喊我。"深夜，她给我发来微信。我凝视着她发来的微信，陷入长久的沉默中。

次日晨曦时分，薄雾笼罩着村庄，她匆匆踏上了归途。

半个月后再次联系时，玉秀姐说她已上单，在厚街一家客户那里带娃。

看着微信，我脑海里浮现出玉秀姐干练的身影。我想，以她对孩子的爱，她会做好这份工作的。

一只寻找树的鸟

1

我在一棵树上看见故乡的影子。

年幼时，晚霞满天的黄昏，我看见一棵棵在牛角屏山上生活了大半辈子的树被连根拔起，随后被工人小心翼翼地抬到马路边停着的大卡车上，它们被载往遥远的大城市。我和伙伴们经常在树上掏鸟蛋、捉迷藏、荡秋千，一棵树给我们的童年带来许多快乐的时光。看着被搬走的树迅速消失在风中，我感到悲伤，仿佛丢失了一个好朋友。

树被连根拔起的过程中，一些断裂的小树根掉落在树坑里，一些泥土依旧黏附在树根上。树被运走后，只留下一个深深的树坑。黄昏时分，原本一直栖息在树上的那些鸟儿在半空中盘旋着，发出阵阵悲鸣。几天后，这些带着故乡的泥土的树被移植在异乡城市的马路两旁，经受着大风的侵袭和烈日的暴晒。

每个人都是一棵树。一棵没有鸟栖息的树是不完整的。

城乡一体化的快速发展加剧了一个家庭的撕裂。迁徙和出走慢慢成为当下社会的一种常态。在贫瘠的山村，疾病和贫穷迫使他们背井离乡。一棵棵背井离乡的树，被一股无形的力量移植到城市的森林里。在风雨和刀具的侵袭与砍伐下，有的被连根拔起，横躺在冰凉的水泥地上，有的伤痕累累。药物只能化解暂时的疼痛和不适，躯干上被锋利的刀刃刻下的一道道醒目的伤痕慢慢渗透到骨子深处，变成精神上的伤痕。他们每一天都过得小心翼翼，兢兢业业地工作，只能在那一丁点有限的土壤里试探着扎下去。他们试图扎进城市的钢筋泥土里，生根发芽，开花结果。

精神上的伤痕加深了思念的浓度。乡愁的唯一药引就是不断回望。

故乡的父辈们背井离乡离开生活了大半辈子的村庄，远赴陌生的城市给他们的儿女带小孩。临行前，他们紧闭窗户，锁好大门，把圈养的鸡鸭拿到墟上卖掉，把菜园子里一地绿油油的蔬菜托付给亲戚或者邻居，把柜子最里端的存折怀揣在身。种种迹象表明这是一场谋划已久的远行。仿佛，他们已经做好了不再回来的准备，做好了抛弃家园的决定。

村庄就这样被掏空了，在孤寂中沉沦。

我所在的这个准一线城市，身边的同事和朋友大都把远在乡下种了一辈子地的父母接到了自己的身边，父辈们发挥着生命的余热，细心地照顾着孙子孙女。在这个密密麻麻住着三万多人的小区，黄昏时分，我看见一个推着孩子的老人在散步回来的路上，偶然听见熟悉的乡音方言，忽然驻足下来，兴奋地主动上前问候。仿佛见到了久别的亲人一般，面露惊喜。无法抹去的乡音，时刻提醒着生命的源头和来处。

世界上没有两片相同的叶子，也没有两块相同的土壤。一个行走他乡的人，他未改的乡音、沾满泥土味的记忆就是那被连根拔起的树根上黏附着的那一小把泥土。

迁徙早已变得没有国界。从地理、政治、文化和语言土壤来说，跨国的迁徙才是真正意义上的移植，它将一个原生家庭的撕裂推向了极致。

好友辉的父母远在美国打工。

辉的父母去美国，是缘于他的妹妹。辉的妹妹是做外贸的，十多年前嫁给了一个比她大十多岁的美国人。围在这个美国人身边的女孩子很多，但是这个美国人是个明白人，选择了处处为他着想的妹妹结婚。妹夫是美国亚利桑那州人，在东莞长安开了一个贸易公司。2008 年，受金融危机的影响，订单锐减，他妹夫的小型家具厂倒闭了。三个月后，他妹妹和妹夫离开了东莞长安，回到了美国亚利桑那州乡村的一个农庄里，并生育了三个可爱漂亮的小孩。

辉的父母在长安靠摆摊卖菜为生。无论春夏秋冬，每天凌晨三点起来踩着三轮车去批发市场批发新鲜的蔬菜瓜果，然后再拉到租的小菜市场摊位上卖。寒冬时分，风裹着丝丝寒意呼啸着四处游弋，刮在脸上，仿佛刀割一般。辉的父亲弓着背，骑着三轮车，在风雨里穿行。辉在一个文化公司做策划主管，他老婆只有小学学历，在长安一个老乡的餐馆里做服务员。

妹妹打电话来，跟他说希望父母过去美国帮忙给她带一下孩子。一个人带三个孩子确实有点忙不过来。

"爸妈过来这边，到时还可以在附近的中餐馆做服务员，一个月有一千五百美金，挣一点养老的钱吧。"妹妹打来的这个越洋电话最后只简化成这一句话。

他把妹妹的想法转告给父母，没想到他母亲很快就同意了。"那边工资高，去那里挣点钱养老吧，这样也可以减轻你们的负担。"他父亲一直沉默着。辉的母亲不识字，他父亲是老高中生，平常爱看点报纸，肚子里还有点墨水。为了适应美国的生活，辉给他父亲买了一本叫《美国生存录》的常用词典。昏黄的灯光下，辉的父亲拿着书本默默地背诵着。他念得很吃力，好不容易记下一个单词，第二天又忘记了。

虽然准备得很充分，但辉陪着母亲去了五次美国驻广州的总领事馆面试都没通过，他母亲一面试就紧张得说不出话来，额头直冒汗。一直到第六次，才面试成功，拿到了去往美国的签证。

出发前两天，辉拿着笔苦口婆心地在一张纸上画下这次奔赴美国的路线图。明亮的灯光下，他父亲耐心地听着。这一幕如此熟悉，仿佛多年前刚考上大学时，临出发的前一晚，他父亲拿着笔在昏黄的灯光下给他画下去学校报到的路线图。转眼间，命运的角色就进行了互换。父母亲需先从广州白云机场坐飞机到上海浦东机场，然后再从上海浦东机场转到洛杉矶机场，到了洛杉矶后，需再转机前往凤凰城机场。辉的妹妹和妹夫等在凤凰城机场接他们。

深夜，喧嚣的城市变得寂静无声，马路上泛着灰黄的光。我帮忙提着行李，陪着辉把他父母送到白云机场时已是凌晨三点。辉的父母一脸茫然，这场旅行对于从未出过国又不懂英文的他们而言，显得险象环生。看着父母渐渐远去的身影，辉双手合十，默默祈祷。

人生的众多第一次像拦路虎一样集聚在一起，隔在他们面前，等着年迈的他们迈过去。这是他们第一次出国，第一次坐国际航班，第一次在国外转机。语言的障碍让他们对接下来的旅途充满恐惧。

在洛杉矶机场，在一个年轻留学生的指引下，他们顺利走到了前往凤凰城的登机口。

终于顺利登机，他们兴奋中感到一丝疲惫。一觉醒来，飞机盘旋在凤凰城的上空，脚下灯火辉煌，飞机准备降落了。空乘递给他们一张单子，入境前要填写入境申报单，满纸的英文让他们如坠雾里，他们硬着头皮请求一旁的留学生帮忙。留学生问他们有没有携带违禁药品、枪支弹药等等，他们像拨浪鼓一样使劲地摇头。他们看见眼前这个年轻的留学生大笔一挥，在右边的一栏勾上了 NO。

提取完行李，在出关口的检查通道，他们的行李箱被翻了个底朝天。里面携带的笋干、老干妈和腊鱼都被翻了出来，发出鱼腥的味道。那人怒气冲冲地看着他们，指着入境申报单上的 NO，又指了指翻出来的腊鱼和笋干。辉的父亲迟疑了许久，终于反应过来，原来是自己没有如实申报携带的东西。他迅速说出一声 sorry，自己都感到十分惊讶。工作人员的态度立刻变得温和，他重新签了字，几分钟后，他们终于出了机场。在机场的出口，多年未见的女儿和女婿兴奋地朝他们招手。人高马大的女婿一把从他们手中接过沉重的行李。

2

凤凰城是一个在废墟上建立起来的城市，紧邻沙漠，是美国亚利桑那州的首府，常年气候干燥，每年的平均气温是38℃。到了七八月，水汽伴随着季风吹来，弥漫在凤凰城的空气里，使得整个城市异常闷热。次日，当辉得知父母亲和妹妹安全会合时，他悬着的心终于放了下来。透过微信视频的镜头，他看见父母亲脸上挂着一丝初到异国他乡的兴奋和不安。

辉的父亲性格内敛，每日感觉如坐针毡。他父亲烟瘾很大，在长安卖菜时，每天要抽两包烟，性格孤僻的人只能与烟为伴。到了美国，辉的妹妹和妹夫、三个小孩一家子住在一个庄园里，他们都不抽烟，也不允许抽烟。

辉的父母到美国后，辉的妹妹去了几十里外的一家公司上班。辉的母亲去了附近的一家中餐馆做洗碗工。三个孩子分别上小学一年级、三年级和五年级。校车每天会在固定地点按时接送，上午八点半开始，一直到下午两点半放学。接送孩子的任务就落在了辉的父亲身上。他只会说简单的几句英语，每次在离家几百米的地方把孩子送上车时，总是用唯一的笑容应对眼前的一切。

送完孩子回到家里，偌大的庄园只有他一个人，无边的孤独潮水般袭来，令他窒息。这里没有邻居，偶尔碰见几个人，也因为语言的障碍，没法交流。打开电视机，却不知道里面在说什么。他的父亲变得更加孤僻。实在忍不住了想抽烟，他就躲到一个无人的角落偷偷抽上几口。

下午两点半，三个孩子放学回到家，寂静的房子顿时又变得喧闹起来。

2018 年 5 月，辉突然接到他妹妹的电话。妹妹说父亲昨晚深夜突然咳血，呼吸困难，叫救护车送到医院，现在正在做一系列的检查。病理化验结果需要一周后才能出来。辉的心一下子提到了嗓子眼。他想起父亲烟瘾那么大，一天最厉害的时候要抽两三包，一定是肺出了问题。肺癌两个字不停地在他脑海里闪现着，他已经做好了最坏的打算。

一周后，病理分析报告出来了，父亲被查出患有比较严重的尘肺病。虽然没有生命危险，但继续恶化就十分危险。他想起父亲在福建的石雕厂工作了近二十年，打磨石头时没有穿戴任何防护工具，坚硬的石头被打磨成粉，石粉弥漫在空气中，随风上下浮荡着，也随着空气吸入到父亲的肺里。尘肺病无疑是在福建工作的那段时间染上的。

"我爸妈一到美国，我妹妹就给他们买了医疗保险，不然一系列的检查费用下来需要十几万，承受不住。"辉从裤兜里摸出两支烟，递给我一支，而后自己迅速点燃，贪婪地吸了几口。他紧握烟的右手微微颤抖着。

与辉的父亲不一样，康叔和他的老伴都是高中英语老师，他的儿子留学澳大利亚后在那边定居下来。退休后他还养成了喜欢运动的习惯，每天绕着小区附近快走一万步，一圈下来，大汗淋漓。运动完再回家洗个热水澡，十分舒服。

康叔是辉的房东。辉在长安租住的那套八十多平方米的房子就是康叔的。康叔是本地人，有两套房子，一套自己住，另外一套本来是给儿子当婚房用的，可是儿子定居国外后一直没有回来，他就把这套房子租了出去。

康叔的退休生活很丰富。上午和一帮老朋友在附近的酒店喝早茶，下午跟一帮棋友下棋，晚上快走完后看看报纸和电视。周末就跟一帮老友去附近的水库钓鱼。日子过得充实而快乐。

去澳大利亚前，康叔嘱托辉每个月帮忙打扫下房子。和老伴初到澳大利亚的那段时间，康叔陷入巨大的精神空虚里。每天和老伴照顾孩子做家务，一切做完后，只能眼巴巴地等着儿子和儿媳回家。

为了打发时间，他又把运动的爱好捡了起来。他儿子住的庄园很大，他绕着园子走一圈，而后又在附近的公园快走。他戴着耳机，听着从国内下载过来的怀旧音乐，虽然人在异域，但仿佛又回到了在国内的时光。

除了运动，他还和老伴把儿子房间后面的那一亩多的空地开辟成菜园子，种了青菜、土豆、番茄和豆角。这些蔬菜的种子都是他托国内的亲戚快递过来的。他和老伴每天辛勤地给菜地浇水施肥，看着菜园里的蔬菜在异乡的土壤里生根发芽，开花结果，心底涌荡起一股异样的成就感。康叔夫妇努力地适应着国外的生活。

几年后，康叔的老伴查出肠癌，老伴不想死在异国他乡，病情稳定后，他就带着老伴回到了长安。一年后老伴去世，一百四十平方米的房子就剩下他一个人，他又来到了澳大利亚的儿子身边。

有一种叫北极燕鸥的鸟，每年秋季展开双翅，飞到寒冷的南极过冬。春天来临后，又重新飞回到北极繁殖。北极燕鸥，它轻盈的体态，给予了它强大的续航能力。每一年，它要飞行四万公里。漫长的飞行之路，充满着未知的危险，隐匿在暗处的猎人举着猎枪，砰的一声巨响，它从高空坠落而下，葬身海底。

康叔每年要往返澳大利亚两次，飞行达两万多公里。康叔感觉自己就像一只落单的北极燕鸥。相比于北极燕鸥轻盈的身姿，康叔已人到暮年。每年清明节去墓地祭奠完自己的老伴，他就背上行李踏上前往澳大利亚的飞机，临近年终老伴祭日时，他又从澳大利亚飞回北京，一直在长安偌大的房子里独自待到清明节之后。

去年，在经历一场小手术后，康叔带着他儿子一家回到长安，把两套房子的房本上都改成了儿子的名字。对于康叔而言，财富于他已是一种负担，他更需要的是亲情的温暖。与康叔相比，身处打工底层的辉一家，亲情和经济的双重重压，加剧了他们这个家庭的撕裂。

康叔说，等孙子再长大一些，上初中了，他就准备回国，那是他的根。

"哪一天你走不动了，怎么办？"面对我的问题，康叔一下子陷入沉默中。"到时就进养老院吧，我不想老死在国外。"康叔说着说着，眼睛湿润了。

3

辉被查出尘肺病的父亲出院后，静养了一个多月，在他母亲的陪同下，从美国回到了长安。

辉的父亲归来的那一天中午，辉设宴在家里招待亲朋好友，为父母亲接风洗尘。在他家里，我见到了他瘦弱内向的父亲。我频频给他父亲敬酒，说着祝福的话，他父亲微笑着看我，显得内敛害羞，有些不知所措。吃完饭，他父亲独自坐在院落里休息，午后温暖的阳光洒落在他的白发上。望着他父亲瘦削的背影，我就会想起我千里之外的父亲。

在家陪伴了他父亲半个月后，他不识字的母亲又独自去了美国。妹妹的孩子还是需要人接送、照顾。他难以想象不识字的母亲从上海浦东机场飞到洛杉矶机场后，是如何独自在机场找到去往凤凰城机场的登机口的。他每次询问母亲在洛杉矶转机的细节，她总是笑呵呵地说没啥，不懂就问了，反正有一张嘴。

辉的父亲回到长安后，整天闷在家里足不出户，仿佛一只被锁在笼子里的鸟。父亲在他面前说话变得小心翼翼，钱也花得很省，他一眼就看穿了父亲的心思。几天后，辉通过朋友给他在镇政府找了一个保安的工作。上班的第一天，父亲是兴奋的，在镇政府当保安，相对轻松一点。在他的帮助下，父亲终于把几十年的烟也戒了。保安是两班倒的工作，白班跟夜班。父亲年纪大了，身体又染疾，上不了夜班。为了不让父亲上夜班，他给物业经理送了好烟和好酒，让他帮忙照顾。

一次辉去看望父亲，看着父亲在烈日下执勤站岗的样子，他禁不住内心一阵酸楚。回去的路上，他狠狠地扇了自己一巴掌。他暗暗紧握拳头，咬紧牙根，发誓一定要把父母亲的晚年生活安顿好。发第一个月工资的那一天，父亲两千五百元的工资，自己留了五百，剩余的两千都给了他。

他父亲在镇政府做了两年保安后，由于政府与物业单方面解除合同，失业了。父亲失业后不到一个月，辉的妻子却查出早期乳腺癌。辉在嘈杂的医院里打电话给我，哽咽着问我怎么办。这突如其来的消息仿佛晴空霹雳，顿时让我们不知所措。

半个月后，他父亲又独自踏上了飞往美国的飞机。

"我去美国帮着看孩子，让你妈继续去餐馆做服务员，挣点钱。爸在这里只能增加你的负担。"父亲的话一直在他的脑海里盘旋着，挥之不去。

4

辉的父亲再次孤身踏上去往异国他乡的旅途时，千里之外的小县城，我的表姑深陷在疾病的深渊里。

十多年前，孩子出国留学在贫瘠偏僻的乡村是十分值得庆祝的事情。2008 年，南开大学毕业的表弟拿到美国知名大学录取通知书的消息仿佛一块巨石砸入寂静的湖泊中，掀起阵阵浪花。整个家族都为之沸腾。那年春节，临去美国前，表姑父带着表弟挨家挨户到亲戚家拜年，每次亲人提起表弟即将远赴美国留学的消息，表姑父脸上总是弥漫着灿烂的笑容。表弟像一颗闪闪发光的宝石，瞬间就让我们黯然失色。

多年后的今天，对于当初同意孩子出国留学深造的决定，病中的表姑在外人眼里表现出的更多的是后悔。表弟出国后，已有八年没有回来了。

此刻，表姑躺在二楼最里面的房间的病床上，窗帘紧闭，房门紧关。屋外的阳光洒落在窗前的那棵柳树上，轻柔的柳枝在风的吹拂下左右摇摆着。曾经她喜欢端着一杯铁观音，静静地站在窗前，看着这棵在风里摇曳的柳树。树是八年前儿子去美国留学的那一天种下的。看着这棵柳树，她仿佛就看见了儿子的身影。她微微起身，摁灭灯，整个房间顿时陷入一片漆黑之中。

这些年来，严重的抑郁症困扰着她，她总感觉有人在暗处对她窃窃私语。她起身环顾四周，适才耳畔的窃窃私语声又没了。她慢慢变得怕见人，曾经那些熟悉的亲朋好友在她眼里也慢慢变成了陌生人。

她足不出户，整日待在逼仄的房间里。年迈的父母寸步不离地照顾着她。

每一个走出国门的留学生都不是一个单独的个体，当他们踏出国门的那一刻，牵扯的是一个家庭的孤独与幸福。根据中国教育部发布的统计数据，1978 年至 2015 年年底，我国累计出国留学人数 404.21 万，年均增长率 19.06%。其中 2014 和 2015 学年留美的中国学生有 304040 人，美国《2015 门户开放报告》显示，中国连续第 5 年成为向美国输送留学生最多的国家。

表姑的家庭只是众多留学海外家庭中的典型一例。这样的家庭有着相似的特征，早期大都为了孩子的前途，不惜卖房卖车耗费毕生的积蓄供养孩子，到老了，孩子在国外成家立业，他们又不得不承受晚年的孤独与无奈。

与表姑相似的例子，生活中随处可见。佛山一位 38 岁的单亲妈妈含辛茹苦地把女孩抚养大。女孩很争气，高考以佛山前 5 名的成绩考入清华大学核物理专业，毕业后又考入美国芝加哥大学，博士毕业后在美国从事研究工作。这位母亲的女婿也是上海学霸，年纪不大就已经是芝加哥大学的教授了。在女儿女婿三番五次的求援下，这位退休的母亲前往芝加哥帮女儿带四岁的孩子。

"他们早出晚归，回家只想休息，周末不是在家睡觉，就是看电脑或手机，只有我一个人忙孩子忙家务，好像我就是他们雇来的保姆，做什么都是应该的。在家里，他们无论吃水果还是喝饮品也不会问问我是不是需要？因为他们的缘故造成的剩饭剩菜，那绝对是我一个人全包。在家里他们的行为全是对的，我即使再看不惯，也不可以做任何点评，因为在他们眼里我就是一个没见识和没水准的老妇人。到了假期，他们带上孩子出去度假，让我一个人留在家里。我真不知道他们是怎么想的？到底是美国改变了他们，还是独生子女都是这个德行？"

当初这个母亲含辛茹苦把孩子抚养大，她没想到最终换来的是这个结局。"妈妈，这些年您太辛苦了，我以后有出息、有能力一定要好好报答您的。"多年前，接到清华大学录取通知书的那一晚，女儿搂着她泪流满面说出的这句话依旧回荡在她的耳边。

与表姑一样，年近七旬的王阿姨是她以前在学校的老同事。王阿姨得过乳腺癌，身体一直很虚弱。她的儿子早已在英国定居，事业和婚姻都很好，虽然儿子定居英国之前征求过她的意见，但人到暮年的她依旧十分纠结，渴望孩子能回来。孩子不在身边，她成了独居老人。她害怕过年过节，看着别人家祖孙满堂，一家人热热闹闹过节的样子，就感到分外孤独和凄凉。她只能雇一个阿姨照料自己的生活起居。王阿姨想着以后等自己老了，实在走不动了，就跟身边相同处境的朋友住到养老院去，抱团取暖。

多年前送儿子去英国留学时，每年要花费四五十万的学费，他们把家里的一套房都卖掉了。那时他们经济拮据，梦里都想着挣钱。现在老伴已经去世，孩子每个月按时从英国汇给他一万五的人民币，她却花不了。作为老师，每个月八千多块钱的退休金已经够她花了。

"要钱有什么用，我需要的是亲情的温暖。"王阿姨说着说着，忽然流下泪来。

辉的父母、我的表姑以及王阿姨代表的是不同的原生家庭。虽然辉的父母是农民，我的表姑和王阿姨是老师，身份不同，家境也很悬殊，但城乡变迁过程中对一个家庭情感的撕裂却是极度相似的。

5

再听到表姑的消息已是阴阳两隔。

2019 年 12 月底的一天深夜，我正准备熄灯睡觉，手机忽然尖锐地响了起来。是堂姐。堂姐在电话里说："林林，你知道吗？县城的梅娟姑姑刚刚去世了。"我听了倍感震惊。放下电话，陷入一阵恍惚之中。很快我又打电话给堂哥，在堂哥那里，消息再一次得到了确证。

表姑直到去世也没见上远在美国的儿子一面。表姑的父母已经年逾八旬，纵使女儿在疾病中长久的煎熬已经给他们打了预防针，但是在死亡真正降临的那一刻，他们依旧难以接受这残酷的现实。白发人送黑发人，他们佝偻着身躯，泪眼浑浊。

　　表姑火化后，表弟也未能如愿从美国回来。心急如焚的他早早地订好了回国的机票，但是签证却没有办下来。表弟是美国花钱培养出来的人才，在国防部下面的一个军工研究机构工作，那边不会轻易放他回国，需要提前向安全局申请才能获得批准。表弟长久地在面向祖国的方向跪拜，表达着自己的愧疚。

　　表姑的骨灰安放在里田镇家里，家人还在等待表弟回来。只有表弟回来了，他们才能安心地把表姑的骨灰下葬。地球的那一端，表弟长久地跪拜在地，紧握着当年他母亲带过去的那一小捧泥土。他想着早日回去用这一把故乡的泥土告慰母亲的亡灵。

　　参加追悼会的亲朋好友乘坐县城的大巴纷纷回到了几十里外的乡下。母腹般圆润的陶罐散发着朴素的光泽，里面装着表姑的骨灰。表姑父独自回到空荡荡的屋子里，静静地抚摸着陶罐，当年一家三口欢快幸福的时光不时浮荡在他的眼前，最终化作他眼角的那滴泪。

　　生与死是生命这枚硬币的正反两面，形影不离。表姑去世不久，她远在美国的儿媳怀孕了。消息传到表姑父耳里，他怔怔地坐在床沿，丧妻的悲伤和做爷爷的喜悦交织在一起，让眼前的世界变得模糊不清。死亡和新生糅合在一起，结束和开始在这里汇聚。

2023 年深冬时节，表弟终于从美国回到了故乡永新。三年来，家族的人都在等着表弟的归来，只有他归来，表姑的葬礼才能举行。儿子缺席的葬礼是不完整的。

那个温暖的上午，唢呐声惊醒了寂静的村庄，淡黄的阳光轻轻抚摸着大地上的每一寸泥土。穿着白衣的送行人缓缓走在通往山腰的小路上。表姑的骨灰终于得以安葬在一个安静的山坡上。

一直到人群散去，表弟依旧跪在墓地前，过往那些甜蜜或忧伤的回忆在他脑海里不时闪现。不远处的一棵梧桐树上，几只麻雀在枝头发出叽叽喳喳的声音。麻雀是留鸟，它们生命的活动半径只有五六公里，它们厌倦迁徙和漂泊。

一周后，表弟再次踏上了去往美国的飞机，故土熟悉的风景渐行渐远。偌大的房子，空荡荡的，表姑父一个人坐着。表姑父欲去美国帮忙带娃，一想到亲家母在美国，最终还是放弃了。

"以后老了，你怎么办？去孩子那里养老吗？"一旁的亲戚问道。

表姑父抬头望着不远处，脸上露出尴尬的笑，转瞬又低下头。惯于解答别人问题的表姑父，此刻面对亲友的提问却不知如何回答，他陷入沉默中。

每棵树都有倒下的那一刻，每个人都有老的那一天。每一对父母都曾经是一棵棵枝繁叶茂的树，他们给栖息在树上的孩子遮风挡雨。多年后的今天，已到暮年的父辈们变成了一只只孤独的鸟，他们需要疲惫地飞行万里，才能栖息在异国儿女这棵熟悉而又陌生的树上。

　　每个人都是一棵树，每个人都是一只迁徙的鸟，在时间这个导演的安排下，不停变换着角色。

后记

  写作多年，越来越强烈地感受到一个写作者与一个题材的相遇是一种缘分。2016年，我结束颠沛流离的出租屋生活，花光了多年的积蓄，在东莞买了一套房子定居下来。这是个一万多人居住的小区，每天早上或者暮色降临时，我经常看见许多老人推着婴儿车或抱着孩子，三五成群聚集在一起唠家常。有一些性格孤僻的老人，独自带着孙子或孙女，绕着小区一圈又一圈地转，直至暮色完全覆盖，才往回走。这些老人来自全国各地，身份年龄也各异，有五十刚出头的，也有年过七旬的，更甚者年过八旬；有种了一辈子地的农民，也有刚从体制内退休，每个月有退休金的老人。彼时的我还未结婚，对眼前的这些场景熟视无睹，这些老人在我眼底不过是一个模糊的印象。

  时光流转，2021年的初春，随着一声响亮的啼哭，我的女儿出生了。初为人父的喜悦弥漫在心底，激励着我奋力前行。当我推着躺在婴儿车里的女儿围绕着小区一圈一圈地溜达，以往我视若无睹的那些人的面孔逐渐在我脑海里清晰起来。从起初的礼貌性地打招呼问好，到后来的逐渐熟悉，彼此倾诉着各自家庭的烦恼和困境，他们的命运和处境慢慢在我脑海里扎根下来。我从自身的困境里看到了他们命运的倒影，也从他们的命运里，看到了自己生命的倒影，彼此映照。看似简单普通的带娃场景背后，其实是一个庞大的老漂群体。

那时，我母亲疾病缠身，父亲又要在家照顾母亲和两个侄女，分身乏术，无奈之下只能请保姆照顾孩子。后来经济上捉襟见肘，父母亲听闻消息后，倍感心疼，最终还是先后来到东莞帮我带娃。其中的辛酸和苦楚都在《日暮乡关何处是》《气生根》《暮色苍茫》这三篇里详细地书写过。

正是这种切肤之痛的亲身经历，激发了我倾诉的欲望和写作的灵感。由此，我写下了第一篇《日暮乡关何处是》。尤记得当初写完之后给了《作品》杂志，王十月老师终审时看了，觉得题材颇有新意。稿子发出后，东莞的一些朋友看了都纷纷跟我说很真实很有共鸣，戳到了生活的痛点。在王十月老师的建议下，我开始写这部非虚构作品。为了写好这本书，更有代入感，我还写了身边一些亲人的带娃经历，而后又到东莞、横沥等地深入采访了一些有代表性的老漂。在他们讲述自己多年老漂的经历时，看着他们复杂的表情，我心底五味杂陈。我越来越强烈地感受到每个老漂背后都是一个鲜活的家庭，这个家庭的每个人的命运都紧密联系、错综交织在一起。另外，我还深入采访了一些做育婴师的老乡，和一些在国外带娃的老人的情况。

我的责编靳红慧老师是一个专业而又严格的编辑，她对这个题材表示了很大的兴趣。她对这本书的顺利出版付出了很大的心血，对此我深表感激。

国内著名评论家柳冬妩老师是我的兄长，我与他亦师亦友。在写作过程中遇到一些困惑，我经常会打电话给他，他都会秒接，而后温和而耐心地跟我讨论，提出一些意见或者建议。

在此，一并感谢诸位老师。

在城乡一体化的时代背景下，迁徙早已成为一种常态。老漂这个群体恰好是当下城乡变化的最新呈现。世界在不断变化中，唯一不变的就是变。我写这部非虚构作品，是想通过手中的这支笔来写出我所捕捉到的变化，进而画出这个时代的镜像，写出千百年来人性里不变的东西，有温暖和疼痛，也有毁灭和救赎。

周齐林

2024 年 9 月